Géantes

DU MÊME AUTEUR

Chez Julliard

Le Lendemain, Gabrielle, roman, 2007
Un refrain sur les murs, roman, 2011
N'oublie pas les oiseaux, roman, 2014
Les Indociles, roman, 2016
Changer le sens des rivières, roman, 2019

Chez d'autres éditeurs

Pierre et Papillon, L'Avant-scène théâtre, collection des « Quatre Vents », 2004
Traits d'union, L'Avant-scène théâtre, n° 1169, 2004
L'Éveil du chameau, Dacres éditions, collection « Les Quinquets de Dacres », 2016

Murielle Magellan

Géantes

roman

Mialet-Barrault Éditeurs

ISBN : 978-2-0802-1994-7

À mes parents, Sylviane et Henry-Claude.

Hors des cabanes honteuses de l'histoire,
je m'élève
Vers une aube merveilleusement claire,
je m'élève

Maya Angelou

Je suis une femme incroyablement
La femme phénoménale, c'est moi.

Maya Angelou

ROMAN

Laura aime les rituels. Au réveil, elle fait glisser ses petits pieds dans des *surippas* qui enveloppent du talon aux orteils, et lui procurent immédiatement une sensation de confort élégant. C'est Mélodie, une amie du club d'œnologie, qui lui a rapporté du Japon ces chaussons en satin rose et parme, ornés d'éventails dessinés à l'encre par une main experte. Ensuite Laura enfile un kimono, qui souligne son embonpoint sans le dénoncer, et allume la machine à café avant de se diriger vers la salle de bains. Là, elle ne manque pas de jeter un œil dans son miroir pour rectifier ce que la nuit a pu déranger de sa chevelure blonde et mi-longue. Elle n'aime pas son reflet ; elle déteste plus encore prendre son petit déjeuner la tête en vrac. Certes, le plus souvent, Paul, son mari, est déjà sur un chantier, mais il lui arrive de commencer sa journée à la maison, lorsque par exemple il doit vérifier les stocks, répondre à des commandes ou se documenter sur les couleurs tendance. Son entreprise

« Peintures et Rénovations » fait parfois du conseil et, s'il n'est pas architecte, il se plaît à dire qu'il n'est pas qu'un peintre en bâtiment non plus. Il a du goût, un œil attentif à l'esthétique des choses, et c'est pour cela que Laura ne souhaite pas se montrer à lui dans une tenue négligée, même si on doit à la vérité de dire qu'il ne lui a jamais fait le moindre reproche à ce sujet.

Ce jour-là, Paul est déjà parti et Laura poursuit sa danse des habitudes : elle revient vers la cuisine, sort la confiture, met du pain à griller, appuie sur le bouton de la cafetière, ouvre le frigo et en extrait la bouteille de lait, tient la porte ouverte avec son genou pendant qu'elle en verse quelques gouttes au fond d'une tasse puis la remet dans son compartiment, retire sa jambe, ce qui suffit à refermer en douceur le battant docile ; elle répartit le tout sur un plateau qu'elle trimballe habilement vers la table en verre du salon sur laquelle repose déjà le livre qu'elle est en train de lire : *Le Rire du hibou*, l'un des premiers romans de Takumi Kondo, le seul qu'elle n'avait pas encore lu. L'écrivain célèbre vient ce soir à la médiathèque de Marmande présenter son œuvre et Laura ne veut rater ça pour rien au monde. Depuis l'enfance, la jeune femme, à l'esprit pourtant plutôt scientifique (elle a fait une école de commerce à Bordeaux), lit des romans japonais, et ce de façon presque exclusive. Tout est parti de la mort de son arrière-grand-mère Marthe, survenue quand elle avait

10 ans. Laura, à cette époque-là uniquement passionnée de couture, aimait Marthe d'un amour inconditionnel. La vieille femme, un peu honteuse de ne pas avoir étudié, portait en elle mille récits d'Occitanie qu'elle avait l'art de dérouler en roulant les « r » et en chantant les nasales, ce qui ralentissait la narration et créait un suspens involontaire mais efficace. Parfois, lasse de fouiller sa mémoire, elle choisissait de raconter à Laura un roman en cours de lecture qu'elle dévorait à la loupe. Le plus souvent, le livre avait été emprunté à la bibliothèque ou prêté par une voisine institutrice à la retraite en laquelle elle avait entière confiance.

Quand Laura se rendit à Agen avec son père pour un dernier adieu à l'appartement vide, elle se déroba à l'attention paternelle pour pénétrer dans la chambre de Marthe. L'ancêtre reposait dans un cercueil fermé. Pour lutter contre son imagination macabre, l'enfant se mit à scruter la chambre comme si elle contenait un antalgique puissant dissimulé quelque part : le lit, dans les draps duquel elle s'était si souvent blottie pour écouter les histoires de la vieille, le chien en bronze sur l'armoire, le tapis berbère mal dépoussiéré. Quand son regard flottant se posa sur la table de nuit, il s'ajusta pour noter la présence d'un livre duquel dépassait un marque-page fluorescent. Elle s'approcha ; manipula l'objet. C'était un livre de bibliothèque dont le titre, *Gibier d'élevage*, sonnait comme un roman du terroir lot-et-garonnais. Le nom de l'auteur en revanche, Kenzaburô Ôé, transportait de quelques milliers de kilomètres vers l'Est et l'Asie inconnue. « Mamie ne connaîtra jamais la fin de cette histoire. » Cette pensée glaça l'enfant plus encore que la présence assourdissante de son arrière-grand-mère dans la boîte près d'elle. Elle prit le livre, le mit dans sa poche, et l'emporta chez elle avec une seule obsession : finir la lecture de Marthe. Laura n'avait jusqu'ici lu que *Les Six Compagnons* ou la série des *Alice* en Bibliothèque verte et ignorait qu'on écrivait des livres au Japon. Qu'importe. Le soir même, elle reprit la lecture de son aïeule là où elle l'avait laissée, se retrouva en 1944 dans ce village pierreux des montagnes japonaises, suivit les aventures de l'enfant et du prisonnier noir américain sans y rien comprendre et tourna la dernière page à 3 heures du matin, épuisée mais sûre d'avoir maintenu son arrière-grand-mère en vie quelques heures de plus en s'imposant l'achèvement de ce texte mystérieux. Dès lors, elle troqua sa passion des aiguilles et des machines à coudre pour celle, inaltérable, des romans japonais.

La vie de Laura reprit son cours serein. À 17 ans, elle rencontra Paul et son regard doux, l'épousa à 23, avec la simplicité des femmes qui reconnaissent en elles l'amour profond, puis choisit de l'aider à mener à bien ce projet joyeux : être l'un des meilleurs ouvriers peintres de la région. Son époux construisit presque de ses mains leur maison de Beaupuy, dont le salon-cathédrale vitré et le jardin à l'arrière ont une vue sur Marmande et toute la vallée. Ils en firent le siège social de la société, et c'est d'ici que Laura s'applique à la comptabilité de « Peintures et Rénovations », délestant son époux de l'aspect administratif pour qu'il puisse se dévouer à la qualité de sa tâche. La société compte à présent neuf employés et Paul est un homme respecté et épanoui. Sa dégaine ramassée de rugbyman, sa chevelure épaisse et brune, son regard clair attirent la sympathie de tous. Il ne manque jamais de citer Laura quand il évoque son succès ; il n'aurait rien pu faire sans elle. La petite flamme dans ses yeux à cet énoncé prouve sa sincérité. Leur difficulté à avoir un enfant est la seule ombre à leur jolie vie, mais le docteur Bombard leur a promis qu'ils y parviendraient ensemble. Laura n'est pas pressée, elle profite du temps qu'elle a pour bien tenir sa maison – elle aime ranger – et surtout lire. Des livres japonais donc. Et ceux de Takumi Kondo en particulier.

JOURNAL

J'ai rencontré Andreï Makine hier quand je suis passée à *La Grande Librairie.* Il m'a dit un truc dingue quand j'y réfléchis. Avant de faire l'émission, je pensais justement que pour écrire le livre qu'il vient de publier, *Par-delà les frontières*, aussi désespéré, aussi ambigu, aussi provocateur, il fallait « être Andreï Makine ». Qu'un autre écrivain ne pouvait pas produire un livre comme ça et espérer être lu, à part Houellebecq peut-être, ou un auteur agonisant, fidèlement édité, dont la mort prochaine permet tous les excès. Et ce qu'il m'a dit lors du sympathique pot qui suit l'émission, c'est du même ordre : il faut être Andreï Makine pour le dire. Très peu d'hommes se permettraient ce genre de propos.

J'avais mis une belle veste achetée cher pour l'occasion – ou plutôt dans l'espoir de l'occasion – quelques semaines plus tôt. C'est une taille 40, ils n'avaient pas plus grand. Moi, je porte facilement du 42 en ce moment, mais la vendeuse a argumenté, ça peut se porter ouvert, elle vous va bien, et Jean-Pierre [mon compagnon] a confirmé elle te va bien, de toutes celles que tu as essayées c'est celle qui te va le mieux. Mon miroir me le disait aussi, l'absence de col fait ressortir mon cou, mes cheveux, les petits fils dorés éclairent tout en restant sobres, je m'y sens bien. Bon achat. J'avais mis également des bottines à hauts talons que j'adore. Elles m'allongent, elles ont une touche de fantaisie, elles sont noires (donc discrètes) avec des éclats de rouge sur le côté, bref, je les ai choisies pour l'émission ainsi qu'un pantalon en toile et un chemisier noir légèrement transparent, un petit top en dessous, c'est bien. C'est ample. Ça cache la misère. Je n'ai pas à tirer dessus sans cesse. Être à l'aise, surtout, c'est ce qui comptait pour moi. Si possible élégante et à l'aise.

J'avais envie de parler de mon livre, de saisir l'opportunité précieuse, défendre le bébé. Je suis assez premier degré il faut dire. Très consciente de la chance que j'ai, quand j'en ai. Pas du genre à penser que ça m'est dû. Impressionnée par la qualité du plateau (Vanessa Bamberger, Patrice Franceschi, Andreï Makine, Joseph Ponthus), j'ai tenté de dissimuler derrière un visage fermé ma sensation *ravie de la crèche*. Malheureusement pour moi, elle trouve toujours un interstice pour s'exprimer, souvent sous la forme d'un sourire benêt. Cette béatitude enfantine ne me prive pas de mon aptitude à observer. L'un n'empêche pas l'autre.

ROMAN

Quand Laura arrive ce soir-là à la médiathèque au bras de Paul fatigué, elle remarque aussitôt que les choses ne se déroulent pas comme d'habitude. Le public stationne dans l'entrée et les ouvreurs bloquent l'accès à la salle de conférences alors qu'habituellement, à cette heure, les spectateurs entrent. Mais ce qui la surprend encore davantage, c'est l'air affairé de Nadja, la directrice du lieu, quinquagénaire à mèche blanche, pendue à son téléphone tout en écoutant trois collègues qui paraissent lui parler en même temps. Son regard rebondit sur chacun, perçant, à la recherche d'une bouée de sauvetage. Un cinquième énergumène court rejoindre le groupe et articule une information qui fait cesser toute agitation. Sans doute une mauvaise nouvelle puisque Nadja raccroche son téléphone, abattue. Ses yeux balayent le grand hall, dont elle connaît chaque vibration, en quête d'une solution à son problème. Laura tente de lui faire un signe courtois et un sourire mais elle devine, à l'indifférence de la bibliothécaire, que même si ses yeux noirs se sont arrêtés sur son cas, elle n'a pas été vue. Il faut dire que la pression autour de cette rencontre littéraire est grande : l'écrivain japonais a préféré Marmande à Bordeaux pour dialoguer, et des lecteurs sont arrivés de toute la région. Nadja a même fait venir de Paris Emmanuel Depussé, spécialiste de littérature japonaise et exégète reconnu. C'est lui qui interrogera Kondo. On peut s'attendre à un entretien de grande qualité. Même France Bleu s'est déplacée et compte diffuser un florilège des meilleurs moments de la soirée.

Laura s'inquiète soudain. Est-il arrivé quelque chose à Takumi Kondo ? Il a déjà fait un arrêt cardiaque et elle sait sa santé fragile. Elle avance cette hypothèse à Paul, qui consulte ses alertes, serviable, et ne voit rien pour attester un tel drame. Soulagée, elle fixe à nouveau Nadja, toujours à sa sidération malgré le babillage qui l'entoure. C'est alors qu'elle voit Laura. Mais plus de cette façon éthérée de tout à l'heure, non, elle la voit réellement. L'information visuelle, cette fois, se coordonne avec le cerveau et crée l'étincelle. Nadja voit Laura, finalement, comme personne ne la voit. Elle voit Laura, pourtant, de la seule façon possible pour elle. Non pas comme l'épouse discrète et rieuse de Paul. Non pas comme une petite ronde à qui ça irait bien, sans doute, de perdre une dizaine de kilos. Non pas comme une jeune femme qui n'arrive pas à avoir d'enfant, élément qu'elle ignore d'ailleurs. Elle voit Laura comme cette lectrice passionnée de littérature japonaise qui se faufile discrète dans les rayons de sa bibliothèque pour n'en extraire que des Murakami, ou des Ogawa, ou des Kawabata. Alors, sans hésiter, faussant compagnie à son entourage affairé, elle se dirige vers elle.

— Madame Delabre, je peux vous parler ?

— À moi ?

— Oui ! Bonjour monsieur.

Paul salue, surpris.

— Oui, oui, bien sûr…

— Venez.

Nadja s'isole avec Laura. Elle a une voix grave qui intimide, tant elle sort d'un corps émacié et longiligne.

— Voilà, nous avons un problème. Emmanuel Depussé, qui devait interviewer Takumi Kondo, est bloqué dans un train entre Paris et Bordeaux. Le pire c'est qu'il n'y a aucune raison valable, simplement un principe de précaution qui fait que la SNCF, suite à un appel malveillant concernant une pièce manquante du train, ne veut pas repartir sans avoir vérifié. Ce n'est pas Tanizaki qui a écrit un éloge du risque ?

— Un *Éloge de l'ombre*. Je l'aime beaucoup.

— Ah oui ! Bref, Depussé ne pourra pas interroger Kondo. Nous avons convoqué le journaliste culturel de *La Dépêche*, Gérard Lartigue, qui se réjouit, mais autant vous dire qu'il ne connaît rien à son œuvre.

— Ah…

— Alors je me demandais… Vous avez lu Kondo ? Je ne sais même pas pourquoi je vous pose la question.

— Oui. J'ai tout lu.

— Est-ce que vous accepteriez d'épauler Lartigue ? Je vous rassure, madame Delabre, il ne s'agirait pas de mener l'entretien mais de faire référence aux textes de Kondo, de lui montrer qu'il a été lu. Il n'y a rien de plus blessant pour un auteur que d'être interrogé par quelqu'un qui ne l'a jamais lu.

— Mais vous voulez dire… comment ça… ?

— Vous iriez sur scène avec Lartigue, vous pourriez intervenir pour préciser, donner des exemples tirés des romans que vous connaissez. Je sais, madame Delabre, à quel point vous êtes férue de littérature japonaise. Je me dis que ça peut donner une couleur joyeuse à cet entretien. Quitte à subir un incident imprévu, autant l'affronter avec une solution originale.

— …

— Qu'est-ce qui vous ennuie ?

Nadja vient de mettre le cœur de Laura dans un tambour d'enfant violent. C'est une panique inconnue pour la jeune femme qui n'a plus vécu de sollicitation exceptionnelle depuis la mort de ses parents et le discours exigé par son frère cadet pour la cérémonie d'enterrement. Impossible de refuser tant il l'avait ligotée dans ses certitudes : ne pas prendre la parole pour la mort de ses parents c'est ne pas savoir aimer – ne pas dépasser sa douleur c'est de l'égoïsme

– ne pas trouver les mots c'est ne pas chercher. Son frère renvoyait chaque argument de Laura chargé d'explosif. Elle était si démunie, si éprouvée, que sans Paul, elle se serait noyée au sens littéral du terme. Elle aurait suivi le chemin du canal du Midi et se serait laissée glisser lentement dans l'eau verte. C'est Paul qui a tenu sa main pour écrire le discours-torture. C'est lui qui l'a poussée à aller au-devant de la soixantaine de personnes présentes ce jour-là (tous les collègues de l'usine de confiserie). Cet homme, sentinelle en éveil dans ce hall agité, a servi de tuteur au tronc malade qu'elle était devenue. Mais ce qu'elle ressent aujourd'hui n'a rien à voir. Cette chamade en elle, au contraire, est un influx stimulant. Pourtant, se tenir sur une scène, dans la lumière, aux côtés de Lartigue (dont Paul qui a repeint sa maison ne pense pas grand bien d'ailleurs) pour interroger Takumi Kondo, ce n'est pas sa place. Elle aime écouter, de temps en temps, les spécialistes parler. Elle ne comprend pas toujours, mais l'érudition a un effet presque érotique sur elle. Ceux qui approfondissent, confrontent, affirment, doutent, même publiquement, l'élargissent, comme des cuisses ouvertes pour l'amour ou la naissance. Mais elle n'est experte en rien. Et c'est cela qu'elle formule à Nadja, sans coquetterie. « Ce qui m'ennuie, c'est que je connais bien les romans de Kondo, mais j'oublie souvent le nom des personnages, il peut m'arriver de les confondre aussi. Je lis des romans japonais, mais je ne suis pas spécialiste. C'est pour mon plaisir. Je n'analyse jamais. Enfin, je crois pas. Ça ne m'intéresse pas tellement. C'est un loisir pour moi. Ce n'est pas vraiment ma place d'interroger Kondo. C'est un métier. »

Un sourire à ridules égaye le visage mat de Nadja, émue par cette sincérité. Sans chercher à argumenter davantage, se fiant à un instinct qu'elle n'a ni l'envie ni le temps de mettre en doute, elle dit :

— On peut essayer quand même ? Au pire, on se plante. Au mieux...

Et dans un geste surprenant, elle enserre le cou de Laura de son bras vigoureux, presque virile, et ainsi flanquée, se dirige vers Paul à qui elle lance :

— Vous savez quoi, monsieur Delabre ? C'est votre épouse qui va interroger Takumi Kondo ce soir.

Sur le visage de Laura rosit une joie brouillonne qui lui donne un air de lycéenne à quelques heures de l'oral du bac. La foule va pouvoir entrer dans la salle.

JOURNAL

Je passe au maquillage. La maquilleuse, grande quinqua bienveillante et fine, me demande si j'ai une requête particulière. Je dis non, à part le rouge à lèvres. Je n'en veux pas. Juste du gloss. Pour le reste je la laisse faire. Elle élabore particulièrement le teint. Elle m'explique qu'il faut varier les fonds selon les zones. C'est l'une des plus grandes difficultés du maquillage, le teint. Elle est parfois enseignante dans une école et elle insiste beaucoup là-dessus auprès de ses élèves. Le teint, les cernes (j'en ai !), la poudre. Elle s'attarde ensuite sur mes yeux avec les consignes habituelles, les cils, le rimmel. La deuxième magicienne demande si Makine a été maquillé, on lui répond que non. J'en déduis que je ne le verrai que sur le plateau. J'ai le trac.

François Busnel passe une tête dans la pièce, me salue, me dit quelques mots gentils sur mon livre. Je suis encombrée par ma position captive face au miroir, mais je le remercie pour l'invitation en tournant à peine la tête. « N'hésitez pas à intervenir », dit-il. Et il disparaît.

Quand je retourne dans ma loge, Betty m'attend, elle lance « Formidable ! » en voyant l'effet du maquillage sur mes traits tendus et, en précieuse éditrice atypique, dégaine son appareil photo pour immortaliser l'instant devant l'affichette fixée sur la porte « Murielle Magellan, LGL ». La photo est réussie, à mon avantage, je ne le saurai que plus tard quand je la verrai sur les réseaux sociaux et que je la relaierai à mon tour.

C'est seulement sur le plateau que je vois Andreï Makine. Au moment où l'on nous demande de nous asseoir pour les essais son et lumière. Joseph Ponthus est à ma gauche. On a déjà fait connaissance ; il est passé pour se présenter, il a aimé mon livre et moi le sien, beaucoup. Makine est installé en face de moi. À peine suis-je assise qu'il plante ses yeux bleus dans les miens. Il me regarde avec une insistance slave, dirais-je. J'ai lu son roman. J'ai lu les scènes crues. Son héroïne Gaïa aux hanches larges qui s'abandonne dans l'acte sexuel, qui s'envoie en l'air à la fois tristement et joyeusement, dans un mouvement d'humiliation choisie, ou presque. Je ne suis pas vraiment étonnée de ce regard. Il est cohérent. Pensée libre, ancrée dans un corps animal, provocation « littéraire ». Il a quelque chose de faussement dangereux et ça m'amuse. De ma place en vis-à-vis, je pourrai l'observer.

Le départ est imminent ; on nous demande de quitter le plateau. C'est du direct. L'appréhension monte. En régie, les cinq écrivains patientent. Andreï Makine se met en queue de peloton. Quand le régisseur lui demande d'entrer le premier, il est gêné. Son accent russe roucoule : il n'aime pas passer devant les femmes. Je lui souris. Je suis concentrée. Je lui dis « Ce n'est pas un problème pour moi, allez-y. » Il hésite vraiment. Il parvient tout juste à se tenir à ma hauteur. Apparemment, ce n'est pas de l'affectation ; il ne veut pas nous-me « passer devant ». Il semble sincère et timide. Je me dis que c'est un tombeur.

L'émission est lancée. Je sens par bribes son intérêt, sa curiosité, pour ce qui vient de moi. Je ne crois pas me tromper. Je ne me trompe pas. Rien de compromettant cependant. Je sens plutôt une reconnaissance qu'il oubliera bientôt. J'en joue d'ailleurs en me servant de lui lors de l'une de mes interventions. Il hausse un sourcil étonné. Me répond. Il est érudit et son expression d'une grande fluidité. Je parviens à attraper quelques secondes d'espièglerie dans cet exercice d'équilibriste.

ROMAN

Laura n'imaginait pas Kondo si petit. D'ailleurs, elle ne l'imaginait pas vraiment. Elle connaît son visage car il est presque systématiquement imprimé au dos de ses publications, en format photo d'identité. Au fur et à mesure des années, la tête a blanchi et embelli, mais ne révèle toujours rien de la silhouette. Certes, l'écrivain a été reçu récemment dans l'une des rares émissions de télévision consacrées aux livres, mais il était assis, souvent filmé en gros plan, et donc sans corps, d'une certaine façon. En lisant Mishima, obsédé par sa chair douloureuse, morcelée, cherchant à se façonner des « muscles d'acier, bronzés, luisants », Laura s'était demandé pourquoi on ne voyait pas davantage à la télévision les écrivains dépliés, tels des acteurs offerts à l'objectif.

Dans la coulisse, debout à son côté, elle constate que Takumi Kondo mesure à peine dix centimètres de plus qu'elle, ce qui, pour un garçon, est peu. Paul est haut de 1 m 75 et a avoué plusieurs fois à Laura qu'il aimait la petite taille de sa femme car elle lui donnait la sensation de pouvoir la protéger, ce à quoi elle a répondu qu'elle espérait bien, du haut de ses 1 m 58, pouvoir le protéger aussi si nécessaire. Tout près de l'écrivain, Sanae Garrand, sa traductrice, n'est pas beaucoup plus grande, et Laura se dit que pour une fois, c'est Lartigue et ses 1 m 85 qui semblent venir d'une autre humanité. Elle se demande si c'est pour cela qu'il se balance d'un pied sur l'autre, encombré par sa morphologie en surplomb ? Ou simplement parce qu'il est inquiet de cette interview improvisée ? Qu'importe. Le journaliste aux rides avantageuses dégage une solidité de bourlingueur. Il sait que le trac n'est qu'un passage obligé. Il en a vu d'autres.

Toutefois, la tension est perceptible. Quelques minutes plus tôt, Kondo a été informé par Nadja de l'absence de Depussé et il en a été irrité. Il connaît bien ce spécialiste, qui a d'ailleurs préfacé l'un de ses ouvrages, et c'était l'une des raisons pour lesquelles il avait accepté l'invitation. N'y a-t-il vraiment plus aucune chance qu'il arrive, même en retard ? Nadja l'a déploré mais non. Plus aucune. Il a fini par murmurer, en regardant Lartigue et Laura qui assistaient à l'échange « Nous nous débrouillerons… » et il a ajouté « enfin, je l'espère… », ce qui n'a pas manqué de faire blêmir la petite troupe marmandaise.

Désormais les quatre intervenants sont installés sur la scène. Laura remarque immédiatement qu'il n'y a que trois micros et cela crée en elle une sensation contradictoire. Un soulagement, car elle ne devra prendre la parole que lorsqu'on la lui donnera, et une contrariété, exactement pour la même raison. Alors que Lartigue décline la biographie de l'auteur, elle remarque Paul, au premier rang ; il paraît terrorisé pour elle.

Kondo réagit à l'énoncé de sa biographie. Il confirme qu'il a longtemps hésité entre le sport et la création. Le sport lui apparaissait plus sain, moins pollué par une rivalité qui ne dit pas son nom. L'art ne l'intéresse que hors compétition, et pourtant la compétition souterraine est l'une des composantes du monde de l'art. Les artistes se comparent de façon aussi stupide que les Japonais qui, quand il était jeune, se mesuraient sans cesse au modèle américain ! Or, écrire n'avait de valeur à ses yeux que s'il s'extrayait de ce jeu-là. Il ne voyait plus grand monde pour pratiquer la littérature ainsi. En rapprochement. En amitié. En correspondance. Cette vérité taboue l'a longtemps handicapé et il préférait aller sur un terrain de tennis où l'affrontement est nommé et où la recherche de la perfection et de la beauté ne sont pas moins actives. Mais il avait fini par se rendre à l'évidence : il ne pouvait se passer d'écrire.

Laura s'agite. Tout ce qu'il dit là fait surgir en elle mille extraits de ses livres. Mille personnages aussi. Aya dans *L'Étrangère volontaire*, qui renonce à toute forme de comparaison, Kenzo et Yuri dans *Tokyo nocturne*, qui veulent battre des records sans cesse, et le vieux Ryu dans *Vigilances*. Le narrateur aussi, dans son dernier roman, devenu ce que les Japonais nomment un *hikikomori*, un jeune homme retiré volontairement du monde à la suite d'un événement que l'écrivain ne révèle jamais, mais dont un long paragraphe décrit la violence. Laura regarde la table sans micro. Elle voudrait entrer dans la discussion. Mais Lartigue est plongé dans ses notes, Kondo est concentré sur sa réponse et sa traductrice entièrement dévouée à son office. Personne ne voit que Laura trépigne. Tant pis. Son tour est passé puisque le journaliste local est déjà à sa prochaine question « Comment un écrivain vit Fukushima ? » – peu à l'aise avec la culture japonaise, Lartigue pense ainsi qu'en évoquant l'accident nucléaire de 2011, il saura rebondir, car il avait élaboré un dossier spécial dans les pages du journal. Il se souvient notamment de l'écrivain d'anticipation Furukawa pour qui il y avait un avant et un après Fukushima, ou encore du sociologue travesti Yasutomi qui estimait que le Japon était dans le déni de ce désastre majeur – Lartigue ose même « D'ailleurs, peut-être avez-vous écrit sur cet événement ? » Kondo tressaille. « Certainement pas ! » Il n'écrit jamais sur l'exceptionnel pour tous. Il écrit toujours sur l'exceptionnel pour l'*un*. *Un* qui est un personnage qu'on ne regarde pas, en général, mais qui vit quelque chose de hors-norme. Il ne nie pas qu'un événement de cette gravité puisse imprégner inconsciemment sa littérature, mais il ne sera jamais son sujet. Qu'est-ce qu'un écrivain peut apporter de plus ? Et il demande « Avez-vous vécu un grand amour, monsieur ? » Lartigue est surpris par la trivialité de la question. « Et vous, madame ? » Laura ouvre de grands yeux. Kondo enchaîne. « Quand on vit un grand amour, il se passe quelque chose d'exceptionnel. Je le pense vraiment. Aimer, quand ça engage l'être tout entier, la perte de contrôle, le glissement vers le vide, le trou noir, c'est exceptionnel. Mais c'est exceptionnel pour Un. L'autre regarde, confronte, envie, se moque. L'autre, c'est le lecteur qui engloutit cet exceptionnel qui ne lui est pas arrivé, mais pourrait lui arriver. » Kondo ne s'intéresse pas au collectif, à l'évolution des sociétés, au destin de l'humanité. Rien ne l'ennuie davantage que ces prédictions prétentieuses qui consistent à s'approcher au plus près de ce qui sera. Ce qui sera ne l'intéresse pas. Il a trop à faire avec ce qui est. Ni cause ni mission. Raconter, scruter, s'amuser. C'est tout ce qui intéresse Kondo. Il ne saurait vraiment pas quoi faire de Fukushima. Ni de la guerre. Ni des attentats.

Le ton est si ferme et fidèlement retransmis par la traductrice que Lartigue a reculé sur son siège et s'est légèrement voûté. Il pensait prononcer « Fukushima » sans risque. Un nom propre fédérateur, générateur de grands sujets, tant pour l'économiste, le politique, l'artiste, le chanteur révolté. Il se retrouve face à un écrivain vexé de façon si épidermique qu'à la manière d'un passeur de relais qui a raté sa course, Lartigue tend le micro à Laura.

Elle l'attrape. Le regarde. S'étonne. C'est un peu long. Pourquoi ne comprend-elle pas tout de suite qu'il faut qu'elle s'empare de la parole, elle qui l'a pourtant si vivement souhaitée ? Les yeux de Kondo et de sa traductrice se posent sur elle comme des pointes de feu. Il s'agit simplement de calmer le battement tempétueux dans son ventre. La moiteur de ses doigts. Il s'agit simplement de se lancer.

JOURNAL

C'est lors du pot qui suit l'émission que l'échange a eu lieu : les écrivains, les attachés de presse, les éditeurs et l'équipe de *La Grande Librairie* s'y croisent. On se félicite. On se dit « C'était bien ». Éventuellement on râle un peu. Je n'ai pas dit ci, j'aurais dû citer ça. On vérifie « Vraiment, c'était bien ? » C'est inavouable, mais notre envie de toucher le lecteur est forte. Sauf à avoir la chance d'une reconnaissance bien installée, cette émission peut influencer la vie d'un livre. Comme tous, j'espère que ce roman creusera avec moi le sillon d'une voix que je tente de préciser texte après texte. Betty et l'attachée de presse me rassurent. Andreï Makine se tient là, discret, près de son accompagnateur. Moins inquiet que moi, il me sourit. Je papillonne, j'hésite. Et quand je le vois seul, je ne sais pas vraiment pourquoi, j'y vais. Je lui dis que j'ai trouvé son livre douloureux, pessimiste, presque tragique, mais libre. J'y vois de la provocation. Aussi, surtout, de la liberté.

Je suis sincère. Même si elles me choquent parfois, j'aime ces voix qui ne rejoignent pas les refrains ambiants ; ces voix qui interrogent le monde et son évolution sans idéologie, ou presque, en prenant en compte les aberrations de la nature humaine. *Au-delà des frontières* laisse une trace de désespoir mais surprend par son issue utopique, mégalomane : les héros se retrouvent à la fin du roman au fin fond de la Sibérie et repartent à zéro, en quelque sorte, pour imaginer un nouveau monde, une nouvelle humanité, fondés sur de tout autres valeurs que les nôtres. Avant cela, l'écrivain s'est amusé avec notre société, les extrêmes – droite et gauche – sont moquées à traits satiriques. Il y a du Brecht réac dans l'exagération du tableau. Le texte n'émeut pas mais tourmente ; ce n'est pas rien.

L'œil bleu de Makine s'éclaire. Ses « r » roulent et notre langue qu'il parle si bien chante tellement qu'on dirait la ligne de basse d'une ballade pop. « Oui, vraiment, de la liberté, c'est le plus important. Je crois beaucoup à cette troisième voie dont je parle, le prochain texte est là-dessus. Il y a mon être de naissance, il y a mon être social, et le troisième… la liberté. Ou plutôt… » Quoi ? « L'amour. Oui, on peut le dire ainsi. L'amour. » L'amour ? Tout simplement ? Et alors que j'aimerais lui demander de préciser, car je suis un peu décontenancée par cette réponse toute chrétienne – ou à la Jan Patočka –, il enchaîne « On se connaît, nous, non ? » Je bredouille

« Heu… Moi, je vous connais, oui » [c'est un mensonge de politesse, je le connais en réalité très peu] mais je ne pense pas que lui me connaisse. « Si, si, on se connaît, je suis sûr. On ne s'est pas vus à Strasbourg ? » et il ajoute « On n'oublie pas une femme comme vous. » Le compliment me trouble. Dans le mille. Je cherche. Je sonde. Je suis allée quelques fois à la librairie Kléber à Strasbourg, mais je ne me souviens pas l'avoir croisé, et je suis sûre de ne pas avoir participé à une rencontre littéraire avec lui. Je m'en souviendrais. On n'oublie pas un homme comme lui. Je lui dis « Peut-être à la librairie Kléber ? J'y ai signé deux fois. Est-ce que vous vous souvenez qu'on s'est parlé ? » « Non, on s'est croisés… Je suis sûr… »

Ça me flatte et confirme la sensation identifiée plus tôt : je suis le genre de cet homme, et il est mon genre aussi, ou plutôt il l'a été, à une époque déjà racontée dans un livre. « On n'oublie pas une femme comme vous. » Cela pourrait suffire. Mais l'animal est allé plus loin. Dans un registre différent.

ROMAN

On ne sait pas comment, mais le plus souvent on surmonte l'insurmontable. On ne sait pas d'où ça vient, mais ce premier baiser qu'il faut donner, cette parole engageante qu'il faut prononcer pour obtenir davantage, cet avis qu'on nous demande, cette réclamation qu'on doit faire, tout cela, souvent – au prix d'un effort considérable, certes –, finit par arriver. Le temps passe et on ne se souvient plus de l'effort. Ne reste que la satisfaction de la chose accomplie.

C'est de cet endroit mystérieux que part la première parole de Laura. Elle n'est ni plus ni moins pertinente qu'une autre. Elle est simplement le début d'une immense audace « Quand vous évoquiez ce grand amour tout à l'heure, cet amour exceptionnel, j'ai pensé à votre roman *Suspensions* qui m'a beaucoup plu. Parce que c'est vrai que, quand je l'ai lu, j'ai eu la sensation que Miyaki… » Kondo corrige « Miyuki », « oui, que Miyuki, pardon, oui, Miyuki n'était plus du tout amoureuse, et en fait j'adore ce moment quand l'amour resurgit en elle comme une vague immense, un tsunami. Miyuki est indifférente, elle se moque d'Akira et, brutalement, l'amour resurgit et l'emporte. » Takumi Kondo écoute, intéressé. Il n'est pas insensible au stress de Laura, il s'en amuse. « Et donc… vous avez une question ? » Laura prend une grande inspiration et revient à l'exceptionnel dans l'intime « Est-ce qu'on peut dire que dans *Plume d'ange*, votre dernier roman, le narrateur a aussi subi un tsunami, même si vous ne le décrivez jamais ? » Kondo sourit « Je viens de vous dire que Fukushima ne m'intéressait pas en littérature, et vous, vous me demandez si le tsunami est une figure narrative de mes romans, en quelque sorte ?! » L'assistance sourit à son tour. « Hein ? Oui… C'est ça. Cette vague, on y pense souvent quand on vous lit… Et comme vous disiez que ça pouvait imprégner votre travail inconsciemment… »

Kondo s'étonne. Il répond sur le tsunami. Il ne l'aurait pas dit ainsi, mais… « J'en parle peu. Mais… » Il se tait. L'assistance retient son souffle avec lui. Il plante ses yeux dans ceux de Laura. Il la radiographie vitesse grand V. Son expression est grave, compacte. Il reprend : il était sur l'île d'Okushiri en 1993 quand une vague de 33 mètres est venue frapper la côte. Il n'y avait pas de mur à l'époque pour protéger la baie. Il faisait nuit. Il dormait avec une jeune amie dont les parents habitaient là, à la pointe de l'île. Ils ont entendu une rumeur venue de loin, un son. Quand il fait jour, les oiseaux préviennent de l'arrivée du tsunami, on les voit voler en tous sens, le vent alerte en secouant les tôles et les arbres, la mer ondule de façon désordonnée. Mais quand il fait nuit, il n'y a que le son. « *The sound of tsunami.* » Quelqu'un a déjà écrit là-dessus. Une sorte de vibrement d'ondes qui ne ressemble à rien et qui réveille. Ils ont entendu « le son ». Ils se sont levés. Ils ont regardé par la fenêtre. En quelques minutes les rues se sont noircies d'habitants qui hurlaient « Tsunami ! Tsunami ! » Ils sont sortis en pyjama et chemise de nuit. Ils ont couru vers les bâtiments à étages de l'île. Dans l'obscurité, ils distinguaient les incrédules restés à leur fenêtre. Des spectres placides offerts à la Faucheuse.

Il n'y eut « que » 239 morts… il s'interrompt. Il suffit de n'en voir qu'un, n'est-ce pas, quand on a 20 ans. Il a toujours pensé que sa brutalité était née ce jour-là, et qu'il avait beau entretenir sa douceur comme une patineuse contraint son dos à l'arabesque, cette brutalité ne disparaîtrait jamais. Il n'est pas impossible qu'elle ait la forme d'un surgissement dans ses textes.

Laura murmure dans le micro resté à hauteur de son menton durant tout le récit de l'écrivain « 33 mètres… » Son imagination s'est arrimée à cette photographie mentale. Un silence ému se dilate et se traîne. C'est Lartigue qui, sans micro, finit par récupérer l'information sur cet événement. Leur a-t-il vraiment livré un *scoop* ? Kondo, qui n'a pas besoin de traduction, s'étonne de l'emploi de ce mot aux allures de jackpot puis, conciliant, confirme qu'il n'a effectivement jamais parlé de sa présence lors de ce tsunami. Le journaliste, à la manière de ceux qu'il voit à la télévision, répète trois fois « C'est bien un scoop alors… Vous avez vécu un tsunami quand vous aviez 20 ans et ne l'aviez jamais dit… Nous sommes les premiers. Les premiers ! » Les gros sabots du journaliste sont si lourdauds que l'écrivain choisit de s'en amuser. Tant mieux s'il fait un heureux, mais il ne pense pas pour autant que cela fera la une du *Monde* demain !

Dès lors, la rencontre prend un tour joyeux. La langue de Kondo se délie, il a de la sympathie pour Lartigue et témoigne d'une vraie curiosité envers Laura qui ricoche vers d'autres écrivains, d'autres textes, pas seulement des classiques. Keiichirō Hirano, Miri Yū, Banana Yoshimoto. L'invité, qui pourtant déteste faire référence à ses contemporains, ne se prive pas, devant l'enthousiasme de la jeune femme, de dévoiler qu'il les lit et les connaît très bien. Il révèle au passage les heures passées devant la télévision à regarder n'importe quoi, de la télé-réalité à la meilleure série, et aussi, bien sûr, du sport. Laura ne sait pas qu'elle obtient des aveux d'importance que sans doute Depussé n'aurait pas arrachés à l'auteur, car pour elle, ce n'en sont pas. Elle se fiche de savoir si Kondo lit ou pas ses compatriotes vivants, elle se fiche de savoir ce qu'il a vécu avant d'écrire. Elle se régale en revanche à l'évocation des personnages et des similitudes entre eux. Parfois, d'ailleurs, elle confond, et il s'agit d'un autre roman, d'un autre Japonais. La salle rit, Kondo charrie et admire, le dit, très simplement. Très sincèrement. Nadja se réjouit, assise à l'extrémité d'un rang du milieu de la salle, prête à bondir s'il est nécessaire. Elle se détend et bénit même l'incident du Paris-Bordeaux et la prudence maladive des humains.

Les applaudissements sont nourris après l'heure et demie d'échanges. Deux ou trois universitaires dans le public ont pris le micro pour dire que cela faisait longtemps qu'ils n'avaient pas parlé de roman, finalement, au sens populaire du terme. Ça fait du bien. Un autre a rappelé l'origine du mot « amateur » : celui qui aime, que cet échange nous remémore.

Kondo a confirmé qu'il s'était passé quelque chose d'inhabituel, ce soir, dans cette salle. Il n'avait pas souvenir d'une rencontre littéraire qui ait eu cette forme, dans toutes ses déambulations d'écrivain, mais il n'était pas encore capable de dire en quoi ce moment se démarquait tant. « Qu'importe, il ne faut pas tout nommer », a-t-il conclu. Rien ne l'agace plus que ces parfums rares que les plumes habiles tentent d'enfermer dans de longues descriptions alors qu'il suffit de dire au lecteur : ça sentait très bon.

Les gens ont ri (les longues descriptions de parfum de Kondo sont célèbres) et se sont levés, pétillants d'un je-ne-sais-quoi qui ne se nomme pas, donc.

Nadja jubile et distribue les verres de Dansefou, vin d'un producteur local talentueux, à qui veut s'enivrer avec elle. Elle enlace Laura et Paul, les félicite et les remercie un nombre de fois incalculable, obligeant Paul à répéter à l'envi « Je n'y suis pour rien ». Il est vrai que Paul n'avait pas mesuré l'étendue de la culture nippone de son épouse. Discrète, elle y fait peu allusion, et les quelques fois où elle s'était aventurée à lui raconter le contenu perturbant ou enthousiasmant d'un roman, au point de n'en pas dormir la nuit, il l'avait taquinée : comment pouvait-elle se laisser affecter par une histoire qui n'avait pas eu lieu, une histoire « inventée » ? N'avait-on pas déjà assez de soucis et d'émotions avec le réel ? Elle avait tenté, un jour, de faire une analogie avec la fascination que Paul portait aux couleurs, mais son époux, espiègle, ne voyait pas d'équivalence. Il avait beau s'enflammer pour certaines teintes (il est intarissable sur les pastels), il n'avait jamais fait d'insomnie pour un bleu cendre ou un rose lilas !

Parfois, lorsqu'il tombait sur un livre égaré, dans la salle de bains, sous la couette ou sur le vieux buffet en bois de manguier, il repensait à cette conversation. Cet objet de papier renfermait des énigmes impénétrables. Sans doute y trouvait-on de la matière à vivre, comme dans ces films du dimanche soir qui l'absorbent entièrement et dont il sort aussi épuisé que le héros. Pour autant, l'effort demandé par la lecture lui a toujours paru insurmontable ; sa fatigue physique en guise d'excuse, il a indéfiniment différé le moment d'ouvrir un des livres qui passionnent tant son épouse.

Le vin se propage dans le palais de Laura, la tête lui tourne un peu. Kondo vient la saluer avant de s'éclipser. Bien qu'éreinté et pressé, il tient à la féliciter et à la remercier. « Merci pour tout ce que vous savez… » Laura rougit et le regarde s'éloigner. Elle a à peine le temps de savourer ce compliment qu'un jeune homme lui demande s'il peut la photographier pour *La Dépêche*. Certes, l'essentiel du papier sera consacré à l'écrivain et Lartigue sera interviewé – le journaliste paraît profiter pleinement des bénéfices de la soirée, passant de la pogne du maire à celle du délégué culturel de la Région – mais le journal souhaite qu'elle aussi ait son portrait. Elle s'étonne et accepte, se laissant entraîner vers le buste de Shakespeare qui jouxte l'accueil, exposé là pour accompagner le *Richard III* joué au théâtre en ce moment. Dans l'élan, le jeune photographe, longiligne à la peau noire, lui demande si elle sait qu'on soupçonne une femme, Emilia Bassano, africaine et marrane, d'avoir écrit les pièces de Shakespeare ? Une femme ! C'est dans l'air du temps, non ? Laura fait une moue désolée : à part la littérature japonaise elle ne connaît rien et n'a pas lu Shakespeare. Le photographe sourit « Mais rassurez-moi, *Roméo et Juliette*, vous voyez ce que c'est ? » Et alors qu'elle éclate de rire, il en profite pour prendre des clichés comme on mitraille une vedette bronzant sur une terrasse. Il met en boîte les 1 m 58 de Laura et sa joie d'un soir, à coups de crépitements exagérés. Il lui dit qu'il s'appelle Eliezer et qu'il est à sa disposition si elle souhaite avoir l'intégralité des images. Dans ce tourbillon émotionnel et légèrement alcoolisé, Laura remercie et rejoint Paul tout aussi radieux qu'elle. Sa femme le surprend, décidément. Elle lui plaît. Ce soir, ils feront l'amour.

Après l'étreinte, tendre et puissante, Laura a du mal à s'endormir. Elle revit chaque seconde de cette soirée, revisite chaque détail, regrette certains oublis mais sans flagellation, au contraire ; tout l'enchante. Lui a-t-on déjà porté autant d'intérêt ? Elle n'en est pas sûre. Même en remontant aux spectacles d'enfance, alors qu'elle dansait plutôt bien, il y avait toujours une apprentie ballerine plus mince, plus grande aussi, ou tout simplement plus gracieuse qu'elle ; les louanges se dispersaient quand la concurrente apparaissait. Janine, la maman de Laura, et Pascal, son père, n'étaient pas très expansifs. Elle voyait leur fierté dans leurs yeux honnêtes, si honnêtes qu'ils n'exagéraient pas leurs encouragements. Son jeune frère Mathias recevait un soutien plus franc. Il avait plusieurs fois remporté le championnat régional de tennis de table, et avait même été espoir de la région Aquitaine. Cela se savait et sa réputation formait autour de lui un halo de confiance. Désormais professeur de sport à Agen, Mathias est resté proche de Laura, mais avec un soupçon de condescendance né de la conviction d'être plus heureux que son aînée. Un étrange sentiment de supériorité est apparu en lui simultanément à son épanouissement d'homme, comme s'il faisait de son aptitude au bonheur un point de PIB. C'est d'autant plus ridicule que Laura ne mesure pas sa vie en ces termes et ne déclare donc jamais être heureuse ou malheureuse, et surtout pas plus ou moins que quiconque. C'est lui qui le déduit au motif qu'il a deux enfants et elle aucun, que Laura travaille pour son mari quand lui est embauché par l'Éducation nationale, et mille autres petites choses qui le persuadent d'avoir réussi là où sa sœur échoue. Ces deux-là s'aiment fort néanmoins, au-delà des griefs sédimentés, incrustés en eux depuis toujours.

Laura finit par s'endormir lourdement, après avoir, une dernière fois, entendu la voix de Takumi Kondo lui dire « M.e.r.c.i-p.o.u.r-t.o.u.t-c.e-q.u.e-v.o.u.s-s.a.v.e.z… » Les lettres s'égrènent sous ses yeux, produisant un effet hypnotique délicieux.

JOURNAL

Et c'est maintenant, alors que nous sommes partis sur la base d'un échange de séduction un peu mondain et finalement superficiel, que l'écrivain russe me lance « Vous savez, Murielle, ce qui est tragique, ce n'est pas ce que je raconte dans mon livre, ce qui est tragique est ailleurs. » Je hausse les sourcils, curieuse. « Ce qui est tragique, chère Murielle, c'est que vous êtes très belle… mais que vous allez vieillir. Il n'y a que ça qui compte. Il n'y a que ça qui soit tragique. Vous allez vieillir. »

Est-ce l'alcool, est-ce parce qu'il casse les codes de notre rencontre et qu'il me surprend, est-ce parce que c'est précédé de « On n'oublie pas une femme comme vous », est-ce parce que j'ai lu son livre et qu'il est Andreï Makine, le décliniste irrévérencieux, je réagis bien à la saillie, avec intérêt même, pour son audace. Je souris. Je lui dis « Vous avez raison, c'est tragique. Mais ça a déjà eu lieu. C'est déjà tragique. J'ai déjà vieilli. »

Il semble surpris un instant puis, galant « Non… non, ça ce n'est pas vrai !… Mais ce sera le drame pour vous. Pour nous les hommes c'est différent, nous ça va. Mais vous… c'est terrible. » (Ses « r » roulent comme un torrent vers la cascade.) Il enchaîne « Il faut écrire là-dessus, Murielle. Moi je ne peux pas, je suis un homme, mais vous, faites-le. Vous allez vous faire détester, mais il faut le faire. La tragédie du vieillissement des femmes. Il faut l'écrire. »

Je n'en reviens pas de sa hardiesse et à la fois ça m'amuse presque. Il est cohérent. Et puis, il touche une question que mes 50 ans me renvoient quotidiennement dans la gueule et que je formule dans mes carnets de notes, en effet, de façon tragique. Je trouve la ressource de lui dire « Oui, c'est un sujet, mais je ne suis pas la bonne personne pour l'écrire. Parce que moi, ça ne fait pas longtemps que je suis belle, si tant est que je le sois. Je n'étais pas belle quand j'étais jeune. C'est vers 40 ans qu'on a commencé à me faire ce compliment. »

Il me considère, il m'observe avec une certaine pudeur et conclut, radical, dans l'erreur absolue, il met ses deux pieds d'homme dans le plat de sa pensée d'homme puisqu'il répond « Non, je ne vous crois pas, c'est de la coquetterie. Je sais que ce n'est pas vrai. » J'insiste. Je jure que je ne minaude pas. J'ajoute qu'il faudrait pour écrire ce texte une femme écrivain qui ait été très belle jeune et qui voit sa beauté s'enfuir. Pour moi c'est beaucoup plus compliqué. Quand j'avais 20 ans, un homme comme lui à 25 ou 30 ans ne m'aurait jamais regardée. Je n'étais pas belle. Je ne me sentais pas belle. Il aurait sans doute porté son dévolu sur les lolitas environnantes. Makine ne veut pas l'entendre et répète « Écrivez là-dessus. Écrivez. » Et on vient nous déranger, bien sûr, maintenant.

ROMAN

Quand elle se réveille, Laura ne manque pas de répéter son rituel matinal. Elle glisse son pied droit dans le *surippa* fait main en s'aidant de son pouce. De façon inhabituelle, le contrefort résiste et elle doit forcer légèrement sur le revers pour que son talon glisse enfin. Le même phénomène se produit avec son pied gauche et Laura pense qu'elle a dû rester trop longtemps debout lors du cocktail la veille ; ses pieds n'ont pas encore désenflé. Elle les regarde et s'excuse auprès d'eux « Pardon les amis, mais j'étais en représentation ! » et elle se lève, guillerette comme un lendemain de flirt.

La chorégraphie se poursuit : passage furtif dans la salle de bains pour réajuster sa chevelure et se laver les mains, pas légers vers la cuisine d'où elle voit, en se penchant un peu, la silhouette de Paul confortablement assis à la table du salon. Tout en ouvrant la porte du frigo qu'elle maintient avec son genou, elle chantonne pour prévenir son mari ; il lui répond d'un « La star est réveillée » aux accents tendres et admiratifs. Il ajoute « Ma femme est dans le journal ! Et elle est d'une grande beauté ! »

Laura se précipite pour regarder. Paul joue d'abord à cache-cache avec le journal, puis finit par exiger un baiser en guise de laissez-passer vers la double page « culture ». Une page entière est consacrée à la rencontre. Elle est composée de quatre photos : en tête de page, on reconnaît Kondo. La photo est accompagnée d'un long article qui détaille la soirée. Le milieu et le bas de page sont composés d'une photo de Lartigue – quelques lignes d'interview font état des impressions du journaliste sur cette soirée hors du commun –, d'une image de la salle pleine et, enfin, de la photo de Laura volée à la fin du cocktail par le jeune photographe. C'est la moins grande de toutes mais elle est très belle. L'éclat de rire de la jeune femme semble sortir du cadre. De sa silhouette saisie avec un déhanché infime, jambe droite légèrement pliée et buste en tension du côté opposé, émane une sensualité inattendue. La photo est légendée « Laura Delabre, la femme de l'entrepreneur marmandais Paul Delabre, pertinente et inconditionnelle de littérature japonaise, a ponctué la soirée de ses remarques très appréciées par l'écrivain… »

Laura s'immobilise devant cette image : elle-même. Elle ne reconnaît rien de ce qu'elle voit ou lit. Cette femme en photo, si jolie et qu'on qualifie de « pertinente », ne peut pas être elle, et pourtant… c'est elle. Tout est là. Les rondeurs, les cheveux fins et en désordre, les yeux trop petits, la bouche plus fine à droite qu'à gauche, le nez légèrement trop épaté, mais tout semble harmonieux ici, aligné. Se peut-il qu'une photographie fasse le tri entre les défauts et les qualités d'un visage pour en créer un autre, rectifié et néanmoins ressemblant ? Paul perçoit l'émotion de Laura. Il lui prend la main et plaisante « C'est *ma* femme… » Elle plaisante à son tour « Non, aujourd'hui, c'est toi qui es mon mari… » Ils se serrent l'un contre l'autre tout en regardant le journal, surpris d'y voir leur nom, tout de même.

Lors du petit déjeuner, l'excitation règne. Elle domine presque plus chez Paul que chez Laura. Le peintre en bâtiment monologue tout en croquant dans sa biscotte et en se resservant du café. Il avoue avoir été surpris par la mémoire de sa femme sur les livres japonais, impressionné même. Elle a assuré ! Mais il ne peut s'empêcher de critiquer Lartigue. Les adjectifs tombent. « Envahissant », « prétentieux », « frimeur ». Si Lartigue n'avait pas été là, la soirée aurait été bien plus fluide encore. Il reproche à Nadja de ne pas avoir pensé plus vite à Laura. Pour lui, c'est une des qualités de patron que d'avoir tout de suite la bonne idée. Il plaisante « C'est sûr, elle aurait pu ne pas l'avoir du tout ! » Il est très ressemblant quand il imite le journaliste et il fait rire Laura. Quand sa parodie devient cruelle, elle le reprend « Là, tu le caricatures quand même… » Paul s'insurge, la caricature, c'est la critique, c'est important. On doit garder l'esprit mordant, même quand quelque chose s'est bien passé. Lui, dans son travail, reste extrêmement vigilant avec ses ouvriers, afin de maintenir un seuil d'exigence le plus haut possible. C'est vite fait de se contenter de peu. Paul rappelle que Laura, d'ailleurs, quand elle travaille à l'administratif de la société, est aussi d'un sérieux hors du commun. Elle ne peut pas le nier. Et c'est aussi pour cela qu'il la paye correctement. Pas parce qu'elle est sa femme. Laura acquiesce. Elle aime le travail bien fait mais ce qui s'est passé hier est différent. Il fallait improviser. On ne peut pas juger sévèrement cette soirée ; elle s'est déroulée autrement que prévu et c'est justement ce qui participe à son charme. Paul jure qu'il ne dit pas le contraire. Il veut seulement pouvoir user de son droit de contradicteur.

Laura pense que son mari a raison – son frère Mathias a aussi cette propension à écorcher la magie d'un événement par le commentaire exigeant – mais que c'est une histoire de moment. Parfois, il faut attendre. L'heure est à la confiture du petit déjeuner, au soleil qui claque sur le journal, à la campagne fleurie du printemps qui se répand sous leurs yeux comme un tableau de David Hockney. Il sera toujours temps d'exprimer des réserves sur tel ou tel point. Ou bien il ne sera plus temps et ce ne sera pas grave. Tout n'a pas besoin de passer à la moulinette de Paul ni de quiconque. Laura ne voit pas d'objection à ce que certaines choses se soustraient aux mailles du filet examinateur du cerveau humain. Comme les imperfections de son visage ont échappé au flash du jeune photographe. On doit pouvoir laisser le flou et l'approximatif prendre leur tour de valse.

Dans la journée, Laura a travaillé, mais ce n'était pas simple de se concentrer. D'abord parce que ses pensées vagabondaient, ensuite parce que le téléphone a sonné plusieurs fois. Son amie Mélodie a appelé, mais aussi toute la petite troupe du club d'œnologie qu'elle retrouve une fois par mois. Tous voulaient savoir comment elle s'était retrouvée dans le journal et elle a dû répéter au moins quatre ou cinq fois la même histoire. Les réactions étaient affectueuses, on était content pour elle, on ignorait qu'elle était si connaisseuse en « Japon », elle s'en souviendra de ce 12 avril. Elle a promis de leur raconter ça lors d'un des apéritifs qu'ils organisent souvent en dehors du club pour se retrouver. Ça les changera de leurs discussions sur les enfants auxquelles elle ne peut pas participer, sauf pour entendre « Et toi, c'est pour quand ? » L'un de ses amis a glissé « C'est dommage qu'il n'en vienne pas plus souvent des écrivains japonais par ici ! Tu aurais pu monter un business ! » Et Laura a cru entendre un soulagement dans la voix de l'interlocuteur. Cette gloire ne sera que passagère. Pas de menace. Juste un coup d'éclat évanescent.

Ce soir elle attend Paul en buvant un petit verre de vin. Elle danse dans le salon sur *Blue Rondo à la Turk*. Et, consciemment ou pas, elle reproduit ce petit déhanché si sexy esquissé sur la photo.

JOURNAL

Je quitte les locaux de France Télévisions l'esprit en ébullition. Une fois dans ma voiture tous feux allumés, je revisite ma soirée. Ai-je bien défendu mon roman ? Qu'en ont pensé mes proches ? Bien sûr, l'échange avec Makine rôde aussi dans mon esprit. L'ai-je vraiment déjà rencontré ? Il semblait si sûr de lui, ai-je pu oublier ? Me confond-il avec quelqu'un ? Faut-il écrire sur le vieillissement comme il me le suggère ? Je suis justement dans cette période vaporeuse, entre deux livres, où aucune inspiration ne s'impose, l'esprit trop absorbé par le roman à défendre, mais déjà préoccupé, inquiet, de celui à venir. L'espace est idéal pour le doute et la crainte de ne plus jamais y parvenir. Et voilà que, de façon cavalière certes, on me sert un champ d'inspiration tout chaud sur un plateau : un personnage de femme splendide qui raconterait sa beauté disparue, de façon très factuelle, très littéraire, cela pourrait être beau. Mais je ressasse aussi l'argument donné à

Andreï Makine : je n'ai jamais été une femme splendide. Donc pas la bonne personne pour écrire sur la beauté déchue. La mienne est discutable et très irrégulière. Je reconnais la pertinence de la suggestion, mais je me sentirais usurpatrice. Rien ne m'interdit un effort d'imagination, soit, mais en ai-je envie ?

Alors, je reviens à ce qui m'amuse le plus : l'homme intelligent qu'il est a été leurré, illusionné, arnaqué. S'il m'a trouvée belle, c'est grâce à cette veste achetée cher, à ces bottines qui allongent ma silhouette, à ces maquilleuses professionnelles, à la couleur faite quelques jours plus tôt. S'il m'a trouvée belle, c'est le résultat d'un niveau de vie correct qui me permet de tricher quand l'occasion le nécessite, et d'y parvenir à peu près semble-t-il. L'homme de l'Académie française, séduit sans doute, a déduit d'un raisonnement primaire que s'il me trouvait belle, c'est que je l'étais de tout temps. Il n'intègre pas, lorsqu'il me dit cette phrase, la complexité d'un corps et son incohérence. Mon corps était à 20 ans bien plus ferme qu'aujourd'hui, mais j'avais un physique quelconque, qui n'avait pas encore trouvé son identité. Si Makine est apte à imaginer la complexité d'un esprit, son rapport au corps féminin en revanche semble souffrir d'une binarité grossière. Cette idée qui m'apparaissait recevable tout à l'heure – pour une autre romancière que moi – me semble tout à coup stupide. Elle ne concerne que cette femme fantasmée et symbolique que certains hommes pensent la norme : belle à 18 ans, mûre à

40 et déclinante ensuite. Sur l'ensemble des femmes, combien se reconnaissent vraiment dans ce *vade-mecum* ? Sans doute très peu.

J'en ris dans ma voiture et profite de mon kit main libre pour raconter l'épisode à Jean-Pierre [nous n'habitons pas ensemble], plutôt indifférent à l'anecdote, sauf qu'il me confirme adorablement : c'est vrai que j'étais belle. C'est un homme, il ne voit pas vraiment le problème. Il trouve que j'ai bien défendu mon livre. *What else ?*

La deuxième personne à qui j'en parle est K. [amie écrivain], et son caractère passionné et tempétueux s'insurge « Mais pour qui il se prend ? “Vous allez vieillir” ! On s'en fout de Makine ! Tu l'avais lu jusque-là ? Non, alors ! Tu vois ! » Je lui dis que je ne l'avais pas lu – du moins je ne crois pas car, tel Montaigne (et ma grand-tante), j'oublie mes lectures tout en gardant une trace digérée de celles qui comptent – mais j'ai aimé son dernier livre. Il m'a intriguée, bousculée, ça me plaît qu'il y ait des plumes comme la sienne. Mais K. qui, on l'évoque parfois, a aussi du mal avec le temps qui passe et le désir fuyant des hommes, poursuit « Son problème, c'est qu'il peut pas te baiser, il bande plus, il a la prostate qui part en vrille, alors il te castre, toi. Il te raconte *son* problème, ce n'est pas le tien. C'est lui qui vieillit. Je comprends même pas que tu y accordes de l'importance. Les académiciens, ce sont tous des vieux frustrés avec leur costume à la con. On les ignore. On s'en fout. » Elle est pertinente et impertinente, mais sa véhémence vengeresse est à la hauteur de l'offense qui a visé juste – le succès du Botox et de ses dérivés en est la preuve. Alors, une fois chez moi, l'argument jubilatoire et enfantin « C'est celui qui dit qui y est » ne me tranquillise finalement pas longtemps. Certes, Makine vieillit, et son âge modère sans doute ses conquêtes, mais cela ne discrédite pas ses propos ni ce qu'ils suscitent en moi. De surcroît, j'ai la déférence conciliante envers ceux qui ont un parcours notable, même s'ils ne sont pas de ma famille d'inspiration. Ils ont identifié quelque chose du monde, et ont su le transformer en une œuvre qui a trouvé un écho chez certains. C'est le cas de cet écrivain. Il bouscule. Je ne peux pas balayer ainsi sa parole. J'aurais préféré échanger avec K. sur la remarque que j'avais moi-même formulée : ce qu'il nomme ma beauté est une illusion créée justement grâce au temps qui passe et qui attrape dans son piège, pendant quelques minutes, un gibier de choix.

Je continue à raconter cette histoire. Un peu au hasard, sans bien savoir pourquoi. Pour sonder les réactions bien sûr, mais aussi je dois avouer qu'une part de moi est flattée. Makine, qui s'est adressé à moi comme on aborde une femme dans la rue (« Vous êtes belle, on se connaît ? »), a fini par me parler d'égal à égal (« Écrivez là-dessus. Moi je ne peux pas car je suis un homme, mais vous, faites-le »). En restituant l'histoire ici ou là, je raconte aussi que je suis adoubée par cet écrivain estimé, contesté, académisé, goncourisé, que sais-je. L'autorisation est donnée et, je rage de le concéder, ma condition (de femme ? d'ex-provinciale ? d'enfant d'exilés ?) fait que j'en ai parfois besoin.

Les amies auprès de qui je m'épanche sont presque toutes stupéfaites par la goujaterie. « “Ce qui est plus tragique que tout, c'est que vous êtes belle, et que vous allez vieillir” ?! Il voulait te draguer ! » (Je suis sûre que non, car il n'y a pas eu d'échange de numéros entre nous ni même d'allusion à l'hypothèse de se revoir et la conversation n'a jamais quitté un tour courtois.) « Il souffre de voir vieillir les femmes qu'il désire. Il souffre parce qu'il les aime encore et ne parvient plus à les désirer. C'est son problème d'homme honnête. » « Il te dit que le troisième temps de vie c'est l'amour ? Il est dans le troisième temps de vie ! Donc il partage son sujet comme un acte généreux. » « C'est de la provoc. Il a envie qu'on dise qu'il est facho, il a envie qu'on dise qu'il est macho, il te balance ça, il s'en fout, démerde-toi. C'est pour lui qu'il le fait. Pour sa mauvaise réputation. » Parfois, l'anecdote laisse sans voix. Sans doute mes interlocutrices ne veulent-elles pas me blesser, ma « beauté » n'étant pas à leurs yeux une évidence absolue. Elles ne veulent pas non plus minimiser ce que je relate avec tant d'intérêt alors qu'elles n'y voient qu'une déplorable preuve du patriarcat triomphant, difficile à contester ici. J. [dandy poète, grande amatrice de culture japonaise] me dit « Je comprends ton intérêt. C'est vrai que vieillir est une question. » Elle boit une gorgée de vin et prolonge « Tu sais, nous avons souvent une vision linéaire du temps. Mais on peut aussi considérer que l'être humain s'inscrit dans un temps circulaire, d'éternel retour, comme le vent ou l'eau. La question du vieillissement du vent, ou de l'eau, ne se pose pas… C'est ce que m'évoque ton drôle de dialogue. Je comprends la question, mais elle ne se pose pas. » Elle ajoute « Et tu vas le faire ? Tu vas écrire là-dessus ? »

ROMAN

(L'entretien est traduit par Sanae, fidèle et discrète. Le journaliste de la radio a la voix douce et onduleuse. Un bel humour pas mordant, enthousiaste et bienveillant.)

— Merci chers auditeurs d'être si nombreux sur nos ondes. J'ai l'honneur aujourd'hui, le très grand honneur même, de recevoir l'écrivain Takumi Kondo pour son roman *Plume d'ange* que j'ai adoré, comme ça c'est dit.

— Merci…

— Pour commencer, Takumi Kondo, vous avez écrit huit romans, et deux essais sur le football et le tennis au Japon (vous nous expliquerez tout ça, hein ?), vous avez dans un premier temps écrit pour le public adolescent, ce qui vous a valu le grand prix des Libraires du Japon, puis vous avez bifurqué vers la littérature adulte pour ne plus jamais la quitter. Vous avez reçu le prix Akutagawa pour votre premier roman, *Le Rire du hibou*. Vous êtes traduit dans douze langues, *Plume d'ange* est votre huitième roman et ma question est toute simple : comment faites-vous pour être si populaire et littéraire à la fois ?

— Ah… Vous voulez une recette ?

— (Rires.) Non, mais votre sentiment… Je ne pense pas que vous ayez des recettes.

— Mon sentiment… ? Ah… Peut-être est-ce parce que je ne juge pas.

— Vous ne jugez pas ? Expliquez-nous.

— … Tout est dans la suspension. Dès que le couperet tombe, la vie s'arrête. L'être humain est ainsi fait qu'il jubile au moment de la sanction, puis il dort. N'est-ce pas, vous voyez ce que je veux dire ? Dès que la sanction tombe, on dort.

— Je crois, oui ! Vous faites allusion à l'acte sexuel ?

— Qu'il soit, comme vous dites, littéraire ou populaire ou les deux, le lecteur attend le moment où il pourra faire tomber le couperet… et s'endormir, jusqu'à la prochaine fois bien sûr. Or, moi, je ne travaille qu'une chose, la suspension. La suite ne m'intéresse pas.

— Comme un tennisman… Je n'y joue pas mais… il m'arrive de regarder. Un tennisman est en suspension, non ?

— Oui, c'est cela, comme Nishikori entre chaque frappe, il est en suspension. Et Federer, n'est-ce pas, n'en parlons pas. Et Steffi Graf. Le point pourrait durer indéfiniment. La sanction, le tranchement, est annexe, secondaire. L'important est le soulèvement.

— Et vous pensez que vos lecteurs, littéraires ou non, vous sont reconnaissants de cet état dans lequel vous les mettez… ?

— Je pense que ni moi ni eux (par logique) ne faisons tomber le couperet, et donc ils ne s'endorment pas. Ils sont reconnaissants de l'éveil dans lequel je les maintiens, en quelque sorte. Au moins ça. Après, ils aiment ou n'aiment pas mes histoires, mon style, mes lubies. Cela leur appartient.

— Vous parlez aussi, souvent, de l'étonnement.

— C'est juste, c'est tout à fait dans le prolongement de la suspension. Je fais partie des êtres humains étonnés. Vous voyez tout à l'heure, là, avant votre émission, nous écoutions un homme politique très virulent sur les dernières décisions de votre ministre de la Santé, eh bien, j'étais étonné.

— Ah bon, pourquoi ?

— Je ne sais pas… je pense que c'est compliqué d'avoir un avis tranché sur des décisions, ainsi, en quelques minutes ; j'ai l'impression qu'il faut du recul, de la hauteur, du temps et lui, hop. Il tranche. Je l'écoute et je m'étonne.

— Et vous vous endormez ?

— Et je m'endors.

— Est-ce qu'on peut dire que votre littérature est celle d'une suspension et d'un étonnement alors ?

— Ah… oui ! Il y a tellement de raisons de s'étonner… Tenez, il faut que je vous parle de cette rencontre littéraire qui a eu lieu à Marmande dans le Sud-Ouest parce que… comment vous dire, une jeune femme, je me souviens de son nom, Laura Delabre, m'a interviewé, ce n'était pas prévu… mais comme elle ne lisait que de la littérature japonaise, la responsable de la médiathèque a eu la bonne idée de l'inciter à participer à la rencontre littéraire. Son métier dans la vie, c'est d'être gérante de l'entreprise de son mari, m'a-t-on dit, donc rien à voir avec la littérature.

— Ah bon, et alors… ? Madame Delabre, si vous nous écoutez… Sachez que vous avez étonné Takumi Kondo !

— Alors elle a souligné que ces suspensions dans mes romans arrivaient toujours après ce qu'elle a appelé un tsunami. Et j'ai trouvé ça extrêmement pertinent, à tel point que je me suis demandé s'il ne fallait pas inventer cette figure de narration : le tsunami.

— Ça existe déjà, non… ? On pourrait dire l'élément déclencheur ?

— Ah, vous croyez… ? Non… Un élément déclencheur peut être infime. Le tsunami n'est jamais infime. Il laisse un champ de ruines et il faut reconstruire. Voyez-vous, si j'avais suivi mon premier mouvement qui consistait à penser que cette jeune femme n'allait pas être à la hauteur de la situation, si j'avais tranché, je serais passé à côté de cet étonnement. Car elle m'a étonné au-delà du tsunami. En l'écoutant je me suis aperçu qu'à force de lire des romans japonais, cette lectrice portait en elle un deuxième monde, un « là-bas », comme dirait Barthes, qu'elle appelle le Japon, qui est *un* Japon, dans lequel elle n'a jamais mis les pieds et qui est à la fois d'une grande justesse et d'une grande fantaisie. Et le plus étonnant, c'est qu'elle ne le sait pas.

— C'est triste, non ? Finalement…

— Qu'est-ce que vous trouvez triste ?

— De ne pas savoir qu'on sait.

— Vous voyez, vous avez tranché, et je vais m'endormir. Et vous aussi.

(Rires.)

— Ne tranchez pas. Laissez suspendu… Nous ne savons pas si c'est triste ou gai. C'est ainsi. Laissez suspendu. Méditez, et quand le fruit de votre jugement est vraiment mûr, alors, éventuellement, laissez-le tomber.

— (Rires, puis) Chers auditeurs, nous sommes avec Takumi Kondo qui nous conseille de « laisser suspendu »… Et nous allons le faire, ô combien, en écoutant *Pierre* de Barbara.

JOURNAL

Mignonne, allons voir si la rose…, écrivait Ronsard pour rappeler aux toutes jeunes femmes qu'elles allaient vieillir. « *Cueillez, cueillez votre jeunesse : / Comme à cette fleur la vieillesse / Fera ternir votre beauté.* » Quand j'ai appris ce poème à 15 ans, sur les bancs du lycée, j'avais, je ne sais pourquoi, de la sympathie pour Ronsard. J'encourageais mentalement la jeune femme à laquelle il s'adressait, dont on me disait qu'elle avait tout au plus 18 ans, à succomber aux charmes du poète, sûre qu'il avait raison et qu'après ce serait trop tard. Bien sûr, ces vers célèbres me reviennent à l'esprit et je me dis que Makine m'a fait un très classique « Mignonne, allons voir si la rose » ou, dans la version pop-rock de Gainsbourg, un *Ronsard 58* : « *Ma littérature dont tu t'es foutue (…) / C'est le seul miroir où tu s'ras pas moche (…) / Le vieux père Ronsard n'était pas une cloche / Quand il disait ça à sa mijaurée.* » Quand j'écoutais cette chanson, aussi, j'étais étrangement du côté de Gainsbourg et j'encourageais la si jolie jeune femme à honorer le poète. Sa cruauté dépitée me séduisait et, d'une certaine façon, me séduit encore. Je trouve élégant de faire une œuvre de sa rage, bien plus intéressant que de l'exprimer dans une tribune, sur les réseaux sociaux ou à coups d'insultes au soir d'un fait divers. Le dépit ne disparaîtra jamais, et s'il est transformé en poésie, en choc littéraire, il m'intrigue et me séduit. Je n'ai rien contre l'amertume dans la création. Pourquoi vaudrait-elle moins ou mieux que la compassion, la colère, la résilience ? Nos œuvres ni même nos vies n'ont pour mission d'être un parcours de développement personnel. « *Si tu t'imagines, fillette, fillette, / Xa va, xa va, xa / va durer toujours / La saison des za, la saison des za / Saison des amours, ce que tu te goures…* » Juliette Gréco aussi a mis sa voix de femme, pourtant de caractère, au service des mots de Queneau qui déclinait la thématique. Et après Ronsard, Corneille avait enfoncé le clou : « *Marquise, si mon visage / A quelques traits un peu vieux, / Souvenez-vous qu'à mon âge / Vous ne vaudrez guère mieux.* »

Soit. Ce qui m'amuse furieusement aujourd'hui, c'est de penser que Makine m'a fait un *Mignonne, allons voir si la rose* alors que j'ai plus de 50 ans ! Il me dit « vous allez vieillir », et c'est moi, la « mignonne », qui suis contrainte de lui rappeler que « c'est déjà fait ».

Nous avons gagné – j'ai presque envie d'ajouter ici « mes chères sœurs ! », mais j'ai du mal avec les communautés et je sais que le sujet est inflammable –, nous avons gagné, mes chères sœurs, trente ans, entre Ronsard et Makine. J'en ferais presque une petite danse de la liberté si une pensée pernicieuse ne venait polluer ma conclusion : Makine ne me voit-il pas « belle et jeune » précisément parce qu'il est vieux ? Ces dix ans de plus que moi sont peut-être la seule raison de cette victoire en trompe-l'œil. Non ! Je reprends ma petite danse triomphante. La notoriété du Russe, son charme, son regard bleu et incisif, je le sais et ne vais pas mettre un voile de mauvaise foi sur cette réalité, font qu'il peut basculer dans son escarcelle de séducteur des femmes bien plus jeunes que moi. Je le sais, puisque je suis moi-même tombée dans celle de F. [le père de mon fils, je le raconte dans mon troisième roman *N'oublie pas les oiseaux*], slave d'origine aussi d'ailleurs, quand j'avais 25 ans, et lui vingt-cinq de plus. Makine a raison. « Pour un homme ce n'est pas pareil. » Mais il n'empêche que son *Mignonne, allons voir si la rose* d'un soir a été adressé à une femme de plus de 50 ans. Et que je rigole.

ROMAN

Les rues de Marmande font chanter leurs nuances aujourd'hui. La petite ville basse, aux maisons brunes, beiges, bistre, avec quelques éclats de brique ou de pierre dorée, se laisse éclairer paisiblement par un soleil oblique. Laura est sortie faire un tour en ville et plus particulièrement au marché. Elle aime l'amertume des saveurs vernales. Le camaïeu vert des fruits et légumes du printemps plastronne sur les étals. L'asperge, l'artichaut, les fèves, la rhubarbe ou le kiwi. De temps en temps, un rouge triomphant tranche et marque son territoire : c'est celui de la tomate sous serre, reine de la région, que la jeune femme consomme sans modération. Elle en demande deux kilos qu'elle fera en salade avec la feta du fromager.

Laura est de si belle humeur qu'elle a la sensation que tout le monde lui sourit. Mais pas seulement les commerçants qui la connaissent, non, même les passants anonymes. Peut-être étaient-ils dans la salle l'autre soir, pense-t-elle, tout en jetant un œil à la médiathèque qui se dresse à quelques mètres de là. Et puis il y a eu l'article dans *La Dépêche*. Elle en frissonne un peu mais elle ne sait que faire de cette fierté. Qu'a-t-elle accompli, finalement, si ce n'est partager ce qui la passionne ? Elle n'a aucun mérite ! Elle ignore qu'une heure plus tôt, dans la matinée, Kondo a parlé de cela justement, et que son nom a été prononcé sur l'une des antennes les plus écoutées de France. Elle ne l'ignore plus pour longtemps, mais en cet instant de fin de courses où elle file d'un pas vif vers sa voiture, rien ne présage tout ce qui va advenir et qui est extraordinaire, fabuleux, littéralement. En cet instant, il n'y a encore rien d'extraordinaire dans la vie de Laura.

Tout à l'heure, dans quelques minutes, son téléphone va sonner, plusieurs fois. Ce sera son frère Mathias, tombé sur l'émission alors qu'il attendait sa nouvelle paire de lunettes chez un opticien ; ce sera sa voisine, qui écoute tous les matins car elle adore l'animateur ; ce sera Nadja, qui n'a pas entendu le programme, mais à qui on a rapporté les propos de l'écrivain. Pour l'instant, tout est juste un peu plus joyeux qu'avant, probablement grâce au printemps et ses lumières orangées. Ou grâce à la musique grésillant dans les haut-parleurs de fortune. Ou grâce à rien, à la routine des petites fourmis habituées. C'est seulement quand Laura s'installe dans sa voiture qu'elle constate la pluie d'appels et de messages, et qu'elle découvre, sidérée, palpitante, presque évanouie, ce nouvel épisode de sa drôle de vie : Takumi Kondo a parlé d'elle à la radio.

Sa petite Kangoo franchit le passage à niveau, serpente et grimpe jusqu'à Beaupuy, se gare en Fangio sur l'allée en gravier. Une fois à l'intérieur, Laura se précipite sur son ordinateur : vite, vite, écouter l'émission en replay. Quel contentement ! Paul l'a appelée car lui aussi a été prévenu. *La Dépêche* s'est manifestée et veut refaire un papier, mais sur elle seule cette fois, et accompagné d'une petite interview. Laura accepte, amusée, puis elle enlève ses chaussures – car décidément ses pieds lui font mal – et elle répond à tout le monde, avec une sensation de ministre un lendemain de nomination. « Oui, oui, il exagère, ça ne mérite pas… je n'en reviens pas… oui, bien sûr, je lis des romans japonais, mais bon ! Spécialiste ? Non… oui, sur le Japon, oui, je reconnais, j'ai quelques notions, mais de là à parler de spécialité. Peut-être… oui… Tu as raison ! Je suis peut-être spécialiste sans le savoir ! Ah ah ! C'est ce qu'il a dit ? Ça me fait plaisir ! » Et dans ce concert de palabres, elle ne sait plus bien quand sa modestie est sincère et quand elle ne l'est plus. Son diapason intérieur a des allures de thermomètre fou. Elle a déjà vécu des agitations de ce type – quand elle est tombée amoureuse de Paul notamment – et elle sait qu'il faut patienter pour que l'équilibre revienne, et la lucidité avec lui. Mais elle ne s'interdit pas non plus cette ivresse qui l'embarque dans une histoire hors du commun dont elle est persuadée qu'elle fera long feu et qu'il faut en profiter.

Paul, le soir, lui fait l'amour. Elle se laisse aller délicieusement. C'est ainsi d'ailleurs qu'ils font le plus souvent. Il propose, elle s'abandonne. Et cette tendresse continue de l'envelopper jusqu'au sommeil.

JOURNAL

Facétieux Makine !

Par curiosité, ces derniers jours, j'ai regardé sa biographie. L'écrivain est joueur. D'abord, il avoue que pour pouvoir être publié en France, après plusieurs refus de manuscrits qu'il écrivait directement dans notre langue, il a fini par en envoyer un sous le titre duquel il a indiqué « Traduit du russe par Françoise Bour ». C'est grâce à cette ruse qu'un éditeur, séduit par la découverte d'un écrivain russe inconnu, l'a publié. Makine a ensuite révélé le subterfuge et expliqué qu'il était bilingue depuis sa plus tendre enfance et que Françoise Bour n'existait pas plus qu'Albert Lemonnier censé avoir traduit son deuxième roman. Je découvre aussi que l'artiste insatisfait, après son Goncourt en 1995, las de devoir honorer ce « Makine » devenu glorieux, a choisi de publier plusieurs textes sous le nom de Gabriel Osmonde. Ce pseudonyme (qui est devenu d'ailleurs un personnage de son dernier roman) lui a permis d'écrire des textes plus insolents, moins politiquement corrects, plus sombres. – J'ai moi-même un nom de plume [j'aime cet habit sonore qui met la femme intime à distance de celle qui crée] mais je m'amuse toujours à l'idée d'écrivains comme Romain Gary ou Stephen King qui ont désiré publier sous un autre nom pour remettre leur talent à l'épreuve de l'anonymat. Contrairement à George Sand ou aux sœurs Brontë qui ont opté pour des pseudonymes masculins afin de récolter les bénéfices de l'autre sexe, les hommes ne poussent jamais le goût du risque jusqu'à choisir un pseudonyme féminin, sauf peut-être pour mieux vendre un roman de gare ou, comme Khadra, pour sauver sa peau. CQFD. Makine a choisi Gabriel, et non Gabrielle ; il ne s'y est pas trompé.

Et donc, quelle n'est pas ma surprise de découvrir que sous ce nom d'ange, il a publié en 2001 un roman peu connu dont le titre est : *Le Voyage d'une femme qui n'avait plus peur de vieillir*. L'écrivain m'a-t-il encouragée à écrire un livre qu'il a lui-même déjà écrit ?!

Plutôt excitée par ma découverte, je me suis dépêchée de me procurer le texte – épuisé –, que je viens de commencer. Dès les premières pages, il est question d'une femme prénommée Laura, la cinquantaine, d'une « massive rotondité », aux cuisses amples et blanches. Une femme désespérée et au bord du suicide. Son mari, mort d'un accident de voiture récemment, la trompait avec une femme plus jeune, plus « mince ». Ce deuil doublé d'une trahison l'a plongée dans une douleur sourde et complexe. Alors qu'elle s'installe dans une baignoire, lieu de sa mort imminente dans lequel elle prévoit de se taillader les veines, l'héroïne sent le poids de « ses seins s'écraser contre ses genoux ». Elle entend même un rire intérieur, une voix qui parle d'elle comme d'« une femme vieillissante aux gros seins ». Pourtant, cette autoflagellation mortifère ne résistera pas : quelques paragraphes plus loin, grâce à un détail aperçu de sa baignoire – l'empreinte d'un pied sur le parquet, trop grande pour être la sienne –, l'héroïne suspend son projet macabre. À qui appartient cette empreinte ? Sa pulsion de vie, réveillée par cette curiosité, retient la lame du rasoir qui devait trancher ses poignets. Peut-elle mourir sans avoir résolu cette énigme ? Elle sort de sa baignoire et se donne un répit…

J'aime bien ce point de départ, même si je ne parviens pas à me concentrer longtemps ; le livre me plaît, mais ne m'emporte pas. Peut-être à cause de cette amertume, cette désespérance en toile de fond, trop tardivement dérangée par l'inconnu séraphin auquel l'empreinte appartient… ou bien du fait de mon attente démesurée autour d'un livre sur le vieillissement ? Pour autant, plus j'avance plus je constate que la vision de son personnage n'est ni caricaturale ni méprisante. Le texte témoigne même d'une recherche appliquée de complexité, une empathie très sensible. L'écrivain veut se glisser de façon sensorielle dans le corps de son héroïne, dans sa tête. Je repense à ce que son auteur m'a confié « Moi, je ne peux pas, je suis un homme, mais vous, faites-le. » Indéniablement, il a essayé, à sa place d'homme.

ROMAN

Ce matin, non seulement les pieds de Laura ne sont pas rentrés du tout dans les chaussons satinés, mais ils n'ont pas réussi non plus à se glisser dans ses chaussures, et c'est dans les baskets de Paul qu'elle se rend chez son médecin. Ce n'est pas son idée, elle aurait attendu un peu que ses chevilles désenflent – elle en a plaisanté ainsi avec Paul –, mais ce dernier, avec cette autorité affectueuse qui le caractérise, lui a ordonné de ne pas traîner. Les pieds, c'est important. C'est ce qui nous soutient et nous porte. « C'est très intelligent les pieds », a-t-il dit en citant ce poème appris au collège. Certes, elle travaille assise, mais lui qui monte sur des échelles, varie ses appuis sans cesse, sait à quel point le moindre petit renflement ou os déplacé peut se transformer en cauchemar pour la marche et l'équilibre. Le docteur Bombard est toujours disponible pour eux, qu'elle aille le voir sans tarder. Et il a porté l'estocade « Tu fais tes photos demain pour ton portrait dans le journal et tu vas rester longtemps debout. Ce serait dommage de souffrir. »

Le vénérable médecin marmandais a son cabinet dans une des maisons à colombage de la ville, vestige d'une ancienne architecture à pan de bois au charme suranné. Il connaît bien Laura. C'est lui qui lui a prescrit des antidépresseurs après la mort accidentelle de ses parents. C'est lui également qui l'a envoyée à Bordeaux chez Rublev, le gynécologue obstétricien spécialiste des procréations médicalement assistées. C'est un médecin sérieux, sans bavardage, uniquement préoccupé par sa mission de soigner. Et aujourd'hui, il est troublé. Ce pied ne semble pas souffrir. Toutes les manipulations qu'il a effectuées se sont avérées indolores, même l'extrémité des orteils n'a pas de bleu ni d'hématome qui aurait pu expliquer l'impression éprouvée d'être dans des chaussures trop petites. Quelle est sa pointure ? Laura dit qu'elle a des pieds puérils ! Elle chausse du 36. Surpris, le docteur s'empare de son pédimètre pour mesurer l'organe. Il l'utilise souvent pour informer les enfants de leur croissance, mais il concède que cela fait longtemps qu'il ne l'a pas utilisé pour une adulte. Il prend son temps et ajuste le talon et le curseur avec précision. La conclusion est murmurée, grommelée même : 24 centimètres, soit taille 37,5. Laura, toute douceur dehors, rétorque que c'est impossible. Elle n'a jamais porté une paire de chaussures au-delà du 36,5. Cela va faire quinze ans qu'elle a des mensurations stables. 1 m 58, 68 kilos, pointure 36. Bombard, flegmatique, revient vers son bureau et regarde son dossier. Il confirme que c'est bien ce qu'ils avaient inscrit lors de leur premier rendez-vous, voici... dix ans. Pour autant, la mesure est claire. Elle a un pied de 24 centimètres. Si ça ne l'ennuie pas, il aimerait renouveler ses mensurations et mettre à jour sa fiche. C'est l'occasion n'est-ce pas ? Laura accepte. Il y a dans l'expression du médecin un mélange de curiosité et de condescendance « 68 kilos, c'est ça. Votre taille à présent : 1 m 61. » L'énoncé est routinier et le rectificatif légèrement moqueur. Il corrige sa fiche. Laura ne mesure pas 1 m 58 mais 1 m 61. « Vous vous rapetissez ?! Mais pourquoi ? »

Laura ne plaisante pas. Elle blêmit. Elle lui demande de renouveler la mesure. Il a dû se tromper. Déjà, tout à l'heure, les dimensions de son pied l'ont surprise, mais elle peut jurer qu'elle ne mesure pas 1 m 61 ! Elle avait même tendance à ajouter un centimètre à sa taille réelle.

Bombard, conciliant, s'exécute. Il demande à Laura de poser ses talons contre la toise, active le curseur et le descend jusqu'au sommet du crâne. Il lui suggère de se retirer afin qu'elle constate elle-même le résultat : 1 m 61.

Devant l'atterrement de sa patiente, le docteur austère laisse échapper un rire. « Chère madame Delabre, ne nous affolons pas. Vous avez peut-être pris vos dernières mensurations à 18 ans et vous avez grandi ensuite. La croissance peut se prolonger jusqu'à 21, parfois 22 ans. C'est moins fréquent chez les femmes, mais cela peut arriver. Il n'y a pas lieu de s'inquiéter. » Laura remue la tête. Elle n'a jamais chaussé du 37,5. Elle n'a jamais mesuré 1 m 61... Existe-t-il une maladie qui ferait grandir ou déclencherait une sorte de reprise de croissance ?

Bombard réfléchit. Il dit qu'à sa connaissance l'acromégalie, qui est une forme particulière de gigantisme en rapport avec un excès d'hormone de croissance, ne se traduit jamais par une augmentation de la taille quand elle se déclenche à l'âge adulte. Si elle y tient, il peut regarder et la rappeler demain ? Il va également consulter un ami rhumatologue et un endocrinologue. S'il obtient des informations à ce sujet, ils reprendront rendez-vous. « Mais cela ne sert à rien de dépenser votre argent ni celui de la Sécurité sociale, pour un pied qui, finalement, ne souffre pas. » Laura en convient et se rhabille, assommée par cette insolite consultation.

Le soir, quand Paul rentre de son chantier, il trouve Laura dans la pénombre, assise en tailleur dans le salon. Derrière elle, au travers des grandes baies vitrées, le soleil s'incline dans la vallée. Autour d'elle, une quinzaine de paires de chaussures forme un rempart désordonné. Elle est encerclée et mutique, si immobile qu'avec ces ailerons de souliers autour, son ombre qui se détache à contre-jour semble un dragon aux aguets. Paul murmure « Ça va ? » Et comme elle ne répond pas « Il a dit quoi, le docteur ? »

Laura parvient à articuler qu'il n'a rien trouvé, à part qu'elle a grandi des pieds. Paul éclate d'un rire saugrenu. C'est impossible, non ?! Il plaisante ? Laura, dont la voix blême trahit l'ébranlement, explique qu'elle a essayé toutes ses chaussures et qu'elle ne rentre dans aucune. Mais ce qui la surprend le plus, c'est que Bombard l'a mesurée et… elle a pris trois centimètres.

Paul cette fois s'esclaffe franchement. Il aimerait bien, tiens, lui aussi, prendre trois centimètres. Il enjambe l'amoncellement de chaussures et entoure sa petite femme de ses bras musclés par l'effort quotidien. Il embrasse sa chevelure. C'est à cause de cela qu'elle est dans cet état ? Ce qu'il croit, lui, c'est que les émotions de ces derniers jours, ajoutées à la chaleur et aux heures passées debout l'autre soir, ont fait enfler les pieds de son épouse, et que cela va passer. Mais Laura, dans un mouvement presque agressif, lui montre son organe. Regarde, il n'est pas enflé, il s'est même affiné, tu ne trouves pas ? Et elle ajoute qu'elle n'a pas perdu de poids, pourtant, elle s'est longuement inspectée en rentrant, et elle a l'impression d'être plus grande. Paul ne dit rien. Laura se cabre rarement et il devine qu'il ne s'agit pas de nier. Il s'assoit à côté d'elle. Observe le pied, le tourne, le masse. Le talon rose qui tient dans la paume de sa main ; la chair tendre et sensible de la plante. Il le regarde comme une pythie sonde les entrailles d'un animal sacrifié. Peut-être y a-t-il entre les orteils effilés et rieurs de son épouse la réponse à cette énigme ? Il sent que son massage concentré apaise la jeune femme alors il murmure : Qu'a dit Bombard finalement ? Laura répond que le médecin doit la rappeler mais il n'existe pas, à sa connaissance, de maladie déclenchant une croissance à l'âge adulte. Paul soupire : Il faut patienter. Le docteur finira sans doute par élucider ce mystère. Et quoi qu'il en soit, cette incongruité est plutôt joyeuse, il faut la prendre ainsi. Grandir de trois centimètres n'a jamais tué personne. Et, dans un élan viril, il annonce à Laura que c'est lui qui va préparer le dîner ce soir. Elle est fébrile, or il faut qu'elle soit en forme pour son interview demain. « Je me douche, et je nous fais des pâtes. » Puis, de toute sa force d'homme, il la soulève, la porte tel un jeune marié, et la dépose sur le canapé.

Cette nuit-là, Laura s'est levée. Elle a erré dans la maison. Dans la semi-obscurité du salon-cathédrale, la lueur tremblée de la lune créait des reflets violets sur le kimono de la jeune femme. Spectrale, elle s'est postée longuement à la fenêtre pour regarder le ciel étoilé et les routes éclairées qui égratignent la plaine. Ce qui était un feu d'artifice hier – la soirée à la médiathèque, l'émission de radio de Kondo – aux répercussions dynamisantes, s'est transformé en un mal de tête assommant. D'où vient que cette croissance soudaine la secoue autant ? Bombard a peut-être raison, ces trois centimètres peuvent être inscrits depuis longtemps dans son corps de femme et, puisqu'elle ne se regarde pas beaucoup, elle ne les avait pas vus ! Ne parvenant pas tout à fait à adopter cette hypothèse, elle s'est cramponnée aux mots de Paul : c'est un incident singulier mais bénéfique. Grandir de trois centimètres n'a jamais tué personne. Ces deux litanies répétées en alternance ont fini par la consoler. Elle est retournée se coucher. Demain, elle s'achètera de nouvelles chaussures.

Et elle sourira au photographe.

La prise de vue a lieu dans une galerie d'art, sous les arcades. Eliezer l'apprécie pour ses murs blancs façon studio et ses grands rideaux unis qui, une fois tirés, permettent de varier les fonds. Ils iront ensuite chez le libraire voisin où se tiendra l'interview et où ils pourront faire quelques photos d'appoint devant les étagères de littérature japonaise.

— Ça fait plaisir de vous revoir, Laura.

— Merci, oui, moi aussi.

— Je peux vous appeler Laura ? Moi, c'est Eliezer, vous vous souvenez ?

— Oui. Elle était très belle la photo dans l'article l'autre jour.

— Merci. C'est un métier. (Il sourit, il n'a pas l'air d'en douter.) On a une demi-heure pour faire une petite séance, et après je vous laisse dans les bras de Lartigue. Vous avez minci, non ? Pardon, ça se dit pas mais… je suis observateur. Vous n'avez rien mangé depuis une semaine ou quoi ? C'est le succès qui vous coupe l'appétit ?

— (Rires.) Non ! Non, je n'ai pas minci, j'ai... Je suis toujours ronde ! Il m'en reste !

Eliezer a commencé à faire crépiter son appareil. Il sait qu'il ne peut pas demander à Laura de poser. Il faut la faire parler, la mettre à l'aise. Il est jeune. Il a appris son métier au club de photo de la cité où il a grandi. Le responsable s'appelait Bouba et approchait les 70 ans. Il n'avait pas plus de cinq adhérents à son club, mais il s'entêtait à l'animer. En vérité, le bénévole aux tempes grisonnantes, d'origine africaine lui aussi, attendait. Il attendait désespérément un disciple qui soit à la hauteur ; qui puisse recevoir son enseignement dont il savait l'excellence. Plus jeune, il avait arpenté les villages du Mali et emmagasiné un nombre phénoménal de clichés qui avaient la particularité d'être pris en mouvement de la fenêtre de son pick-up. Des instants de vie, des regards de femmes, d'enfants, d'hommes de tous âges semblaient ainsi kidnappés par son objectif. Des portraits gorgés de sable, de vent, de sécheresse ou de guerre. Immobiles, les pieds enfoncés dans la terre comme dans l'éternité ; ou en mouvement, tentant de fuir le cadre mais capturés quand même, ses sujets avaient l'air de défier les rafales du destin. Bouba portait un regard d'une humanité si exacerbée que les scènes les plus violentes – il y en avait – paraissaient aussi naturelles que le cliché d'un lion dévorant une antilope. Ces images avaient été publiées en 2010 chez Hachette, et le recueil avait reçu un succès suffisant pour que la réimpression fût assurée régulièrement par l'éditeur. Tranquillisé par cette trace toujours disponible de son immense travail, Bouba avait cessé de chercher la publication. Il avait fini sa carrière d'opticien à Marmande jusqu'à sa retraite, et ne s'était consacré qu'à un seul objectif : trouver une relève. Quand Eliezer avait débarqué au club à 12 ans, le professeur avait immédiatement su qu'il avait affaire à « un bon ». Mais aurait-il la persévérance et l'opiniâtreté qui manquaient aux jeunes champions de son quartier ? De son côté, Eliezer, par analogie avec le football dont il était adepte, avait déduit que Bouba serait « son entraîneur, son coach, qu'il serait exigeant avec lui et ne le lâcherait pas ». Il avait même dit à Bouba un jour « C'est un peu comme si je tombais sur Marius Trésor dans ma cité, et qu'il voulait m'apprendre le football. » Flatté et ému, le vieux photographe n'avait pas commenté mais s'était mis à délivrer ses secrets de fabrication les plus intimes. Assidu, passionné, le jeune homme avait englouti l'enseignement du vétéran, qu'il continuait d'ailleurs de consulter de temps en temps.

Eliezer a de l'ambition. Et, même s'il prend très au sérieux chacune des photos que lui commande le journal, il n'a pas l'intention de s'arrêter à *La Dépêche*. Il veut faire de la photo d'art. Ou de reportage. Trouver son sujet. Son angle. À ce jour, rien ne l'accroche vraiment.

En attendant, Laura, son modèle du jour, l'enchante. D'abord, c'est une femme, et il reconnaît qu'il n'y en a pas tant que ça à photographier ici malgré les luttes féministes nationales pour que ça change. Les hommes sont plus friands de ces portraits réguliers et consacrent plus d'énergie à informer les médias de leurs exploits. Ensuite, Laura Delabre a une morphologie qui lui plaît. Sa petite taille, son embonpoint, ses seins lourds, ses joues hautes, son sourire si spontané, son cou surtout, fin et inattendu, tout son être semble avoir résisté aux injonctions esthétiques de l'époque et demeure joli. Quant à son regard, il paraît contenir un monde en sommeil, ignoré d'elle, magma d'un volcan sans activité, triste de ne pas savoir quand l'heure du réveil viendra.

— Ça vous a fait quoi alors qu'on parle de vous à la radio ?

— J'étais très contente, vraiment.

— C'est la classe, j'avoue. (Elle rit, il photographie.) À la fois ça m'étonne pas qu'il se souvienne de vous, parce que moi aussi je me souviens de vous ce soir-là. C'était particulier.

— Oui ! Une spécialiste de littérature japonaise soi-disant, qui fait la comptabilité d'une entreprise de peinture en bâtiment, ça marque les gens.

— Ça vous plaît, ça ? La comptabilité ?

— Oui ! Ça va… Je me débrouille. C'est mon métier.

— Vous faites quoi d'autre… ?

— À côté ? Je vais au club d'œnologie, et puis je lis.

— Vous aimez le vin ?

— Beaucoup.

— Vous voudriez écrire ?

— Comment ça ?

— Je sais pas, être écrivain. Quand on lit beaucoup comme vous, c'est peut-être parce qu'on veut écrire.

— Ben non, je ne suis pas écrivain, j'écris pas du tout. Je déteste ça. (Elle s'étonne, il photographie.) J'étais nulle en rédaction et… non… je n'y ai jamais pensé.

— C'était quoi votre rêve alors quand vous étiez enfant ?

— Comme métier vous voulez dire ?

— Oui.

— Pas vraiment… Je n'avais pas vraiment de rêve.

— Ah bon ?

— Non…

— Et maintenant ? Donner des cours de littérature japonaise ?!

— Non, mais… Quand j'étais jeune j'avais envie d'être utile. C'est pour ça que je suis bien dans l'entreprise de mon mari, je sais que je lui suis utile.

— Mais vous voudriez pas être utile avec un truc plus près de votre passion… ?

— Avec le Japon vous voulez dire ? Les romans japonais ? Je vois pas bien à quoi ça peut être utile mais oui ! Oui, c'est sûr que si, par exemple, vous voyez, si ce que je sens sur le Japon peut servir à quelque chose, à quelqu'un, ça me plairait. Là oui, ça me plairait encore plus.

Eliezer sourit. Il a arrêté de photographier.

— C'est intéressant…

— Ah bon ?

— Oui. Moi, je trouve que c'est très intéressant tout ça.

Alors qu'il remballe son matériel pour changer de décor, Laura se dit que ce jeune homme a été bien inspiré avec ses questions. Elle saura quoi dire tout à l'heure à Lartigue lors de l'interview. Elle parlera de son désir d'utilité, de la littérature japonaise, du Japon et du vin.

JOURNAL

Lors du Salon du livre de ce week-end, une péripétie m'a déconcertée : C. [une connaissance romancière] et moi avons dîné à la table d'un journaliste reconnu entouré de deux auteurs et, s'ils étaient drôles et brillants, nous n'avons pas pu *en placer une*. Je m'en suis aperçue durant le dîner car c'était presque parodique : pour prendre la parole, il fallait impérativement couper celle de l'un ou de l'autre. Si j'attendais la fin de la phrase d'un de ces messieurs, un autre avait déjà mordu pour se répandre en idées ou mots d'esprit, avec déluge d'érudition en signe de reconnaissance mâle. – Ce n'est pas, à mon sens, spécifique à ce jour-là. J'ai déjà observé que les artistes hommes ont davantage que nous besoin de références et de citations pour démontrer leur légitimité, mais aussi pour valider celle des autres. Adossée à de grands auteurs, la parole du locuteur deviendrait plus recevable à leurs yeux. Et quand ce n'est pas pédant, cela peut d'ailleurs être plaisant.

Finalement, ni C. ni moi n'avons vraiment réussi à nous exprimer. Je pensais avoir perçu cet incident parce que très en éveil sur la question en ce moment du fait de ces notes régulières, mais sur le chemin du retour vers l'hôtel, C. m'a dit avec mordant et force charme « C'était un condensé de testostérone, non ? Ils sont passionnants, mais on est d'accord qu'on n'a rien pu dire, ni toi ni moi ? Ils nous regardaient pour vérifier notre attention, mais jamais pour nous consulter vraiment. Sans compter l'inventaire encyclopédique ! » Elle non plus n'avait pas trouvé le moment désagréable pour autant, mais sa colère frondeuse sourdait bien plus que la mienne.

Pourquoi ? Pourquoi ça ne gueule pas en moi ? C. n'est pas de celles qui avancent à la serpe sur ces sujets, pourtant, elle s'insurge quand même. Sans doute suis-je culturellement habituée, séduite, par les énergies masculines ? Élevée dans un milieu aux accents misogynes, ai-je intériorisé ces ambiances à voix grave et jambes écartées ? Elles nous contraignent au silence. Nous sommes ramenées au rang de spectatrices. Pour prendre la parole, nos voix sont trop faibles et nous devons crier pour être entendues au risque de recevoir en retour des qualificatifs blessants.

Malgré ces temps de féminisme tapageur, nos interlocuteurs n'étaient donc pas conscients que leurs citations pléthoriques, leurs anecdotes d'autocélébration, même drôles, même formulées parfois à leur désavantage, sonnaient comme le chant du cygne d'une certaine forme de virilité ?

Oscillant entre la révolte et l'acceptation, je ne parviens pas à conclure que cet état de fait, incontestable, est déterminant. Peut-être les hommes ont-ils besoin, plus que nous, de faire la roue et, personnellement, cela ne me déplaît pas de les applaudir. « Le discret n'intéresse pas », m'a dit récemment un ami brillant, d'un profil effacé. Il a souffert plus jeune de voir les filles rire et adouber ce type d'hommes, qui se livrent selon lui un combat sans pitié. Force est de constater que, ce faisant, on les laisse édicter leurs critères et leurs règles. La parole est prise, elle percute plus que le silence. Elle fait loi.

ROMAN

bombard@me.com à lauradelabre@peinturedelabre.com

Madame,
Suite à notre rendez-vous, j'ai fait quelques recherches et consulté un collègue endocrinologue. Je vous le confirme, l'acromégalie est une maladie rare chez l'adulte qui peut justifier la déformation osseuse d'un pied, d'une main, d'un tour de tête. En revanche, les os ayant achevé leur croissance, aucune augmentation de hauteur n'est possible. Par ailleurs, cette maladie crée des douleurs rhumatisantes nombreuses que vous auriez observées. Il est donc plus probable qu'il s'agisse d'une erreur à la notation de vos mensurations. Si toutefois une douleur ou un phénomène similaire se reproduisait, n'hésitez pas évidemment à venir me consulter.
À votre entière disposition.
Philippe Bombard

JOURNAL

Je ne sais pas si la tragédie de la femme qui vieillit a déjà été écrite, mais celle de l'homme qui vieillit oui, magnifiquement. Elle s'intitule *Les Belles Endormies*. À 20 ans, j'avais déjà tenté de lire ce texte de Kawabata, prix Nobel de littérature, mais je l'avais abandonné pour des raisons évidentes de rejet, au premier abord, du sujet. Il s'agit d'un vieillard de 67 ans (c'est ainsi que Kawabata le nomme !) qui se rend dans une maison énigmatique, en périphérie de la ville de Kyoto, pour y passer d'étranges nuits. Ici, des vieux « qui sont de tout repos », selon la tenancière du lieu, peuvent sommeiller, moyennant quelques sous, aux côtés d'une très jeune femme nue, endormie par une drogue puissante qui assure sa torpeur jusqu'au petit matin. Eguchi, l'homme que Kawabata décrit, est sûr de ne pas être un « vieillard de tout repos », lui, mais s'y rend pourtant, sur les conseils d'un ami. La nuit passée là le propulse dans des sensations confuses, des tentations illicites contre lesquelles il lutte et, ce faisant, il plonge dans le puits des souvenirs de sa vie amoureuse. Ces survivances l'inondent, le submergent d'émotions, de regrets, de douleurs. Devenu accro à ces instants crépusculaires, Eguchi renouvelle plusieurs fois l'expérience, avec des endormies différentes.

Quel roman puissant sur la vieillesse et la mort ! Quel art faut-il pour marcher sur le fil du tabou et parvenir à saisir par un filtre clair-obscur la confrontation d'un homme à ses paradis perdus, à la « tragédie » du temps qui passe. L'auteur flirte avec nos peurs mais c'est pour mieux capter le drame d'Eguchi et de sa vieillesse, qui voudrait presque mourir là, dans son sommeil. « *Par une froide nuit comme celle-ci, près de la chaleur d'un jeune corps, mourir subitement, ne serait-ce pas le paradis pour un vieillard...* »

La tristesse, la mort, l'immense étendue des désirs, leur empreinte profonde et leur régénérescence finissent par conduire Eguchi vers la sérénité inattendue de celui qui aurait « couché avec Bouddha ».

Je repose le livre. *Les Belles Endormies.* Chef-d'œuvre.

La sortie de l'article dans le journal déclenche aussi des appels et des salves de reconnaissance. Les photos d'Eliezer sont plus belles encore que les précédentes. L'évocation de ses passions, lors de la prise de vue, a gratifié Laura d'un regard engorgé de vie et d'appétit. Aussi, les quelques centimètres qu'elle est sûre d'avoir pris, même invisibles à l'œil nu, l'embellissent imperceptiblement. Ces jours-ci, la jeune femme continue son travail scrupuleux pour « Peintures et Rénovations », mais aussi, il est vrai, rêvasse davantage. Et ses rêveries sont teintées d'anxiété et d'excitation, car elle soupçonne que tous ces événements récents finiront par créer du mouvement, ce dont sa petite vie routinière n'a pas l'habitude.

Et cela ne manque pas. Parmi les sollicitations, l'une attire l'attention de la jeune femme. Elle a reçu un appel de Jeanne Garcia, directrice générale du domaine de Montius, vignoble connu de la région. La viticultrice souhaiterait la rencontrer. Certes, elle a ajouté « de façon informelle », mais Laura et Paul ont immédiatement pensé qu'elle avait une idée derrière la tête. Ils ont envisagé plusieurs hypothèses, toutes plus abracadabrantes les unes que les autres « Elle veut que tu sois en photo sur les prochaines bouteilles, elle veut t'offrir un stage d'œnologie, elle veut que tu la mettes en contact avec Takumi Kondo… » tout en dégustant une bouteille de ses coteaux pour l'occasion. Rendez-vous est pris pour un déjeuner mercredi au Moulin 415, restaurant très prisé sur les bords du canal du Midi.

Mais ce matin, Laura, inquiète, se scrute dans le miroir en pied installé à l'intérieur de l'armoire de salle de bains ; elle est sûre d'avoir encore grandi. Ses hanches s'affinent, ses cuisses aussi, la peau de son ventre se tend. L'arrondi moins charnu de son épaule révèle un peu plus son omoplate. Ce n'est pas spectaculaire, mais c'est manifeste. Quant à ses pieds, elle est allée acheter des chaussures en grande surface pour ne pas être interrogée par les spécialistes de la ville qui la connaissent et n'ignorent pas sa pointure, et elle a dû prendre du 38.

Elle repense à ce que lui a fait observer Bombard : si elle souffrait de gigantisme, son corps serait endolori de toutes parts. Ce n'est pas le cas pour l'instant. Elle a, de son côté, fait des recherches durant ses insomnies, et toutes confirment qu'on ne peut pas grandir quand on a atteint sa taille adulte. Certains parviennent à gagner quelques centimètres par allongement osseux, une opération lourde et longue qu'exécutent quelques chirurgiens. Elle a même lu qu'en Chine, de plus en plus de jeunes femmes demandent à faire l'opération mise au point par le médecin russe du nom d'Ilizarov : perceuses, vis, boulons et tiges métalliques à portée de main, le chirurgien en combinaison scie le tibia de la jeune patiente, puis installe un dispositif qui permettra, chaque jour un peu plus, d'écarter les deux parties. L'allongement de la jambe se fait très lentement par régénération du tissu osseux dans l'espace vacant. Et à mesure que l'espace s'agrandit, la jambe s'allonge. Mais au grand dam de l'humanité qui aurait tenté immanquablement de comprendre le phénomène pour modifier l'espèce, l'évolution n'a pas prévu à ce jour d'incident de croissance à l'âge adulte. On rapetisse, on se tasse, on se rabougrit, mais on ne grandit pas.

Sur l'insistance de Paul, qui ne nie pas que ce corps aimé a subi de curieuses modifications ces derniers jours, la jeune femme décide de reprendre rendez-vous avec Bombard.

Lèvres pincées, puis petite moue, expriment la lassitude du médecin habituellement affable. Il a vu le portrait de Laura dans le journal et il se demande si cette madame Delabre n'est pas sous le choc psychologique de cette exposition médiatique, qu'en homme habitué aux colloques et congrès à discours il trouve banale, mais qu'il imagine majeure dans la petite vie de sa patiente. Il la connaît pourtant depuis longtemps, avait même noté sa discrétion à maintes reprises mais, justement, sa réaction somatique est peut-être proportionnelle à sa modestie. Il n'ignore pas que certains événements peuvent perturber la psyché et modifier la façon dont on perçoit son corps, déclencher des maladies psychiatriques même. Alors il sait que la première chose à faire, pour rassurer cette poussée anxieuse, c'est de prendre les mensurations de la patiente. Pour détendre Laura, il la fait parler de l'article et de cet écrivain japonais qu'il n'a pas lu, et dont il avoue n'avoir même jamais vu le nom auparavant. Est-il vraiment connu internationalement ? Eh bien, on ignore trop de choses en ce bas monde et la vie est bien trop courte pour.

Il s'interrompt.

Il vient de poser le curseur au sommet de la tête de Laura et il a le souffle coupé, si littéralement que sa glotte a même émis un son de verrou.

— Alors ? demande Laura.

Mutique, le médecin regarde les pieds de la jeune femme pour vérifier si elle n'a pas gardé ses chaussures par ruse ou inadvertance, mais non. Il renouvelle l'examen. Il empoigne Laura afin qu'elle s'éloigne du mur et se cale à nouveau contre la toise. Le curseur glisse et se stabilise à la pointe du crâne.

D'une voix enrayée par la stupeur, le docteur murmure :

— 1 m 64.

— Ah… 1 m 64 !

Les yeux phares de Laura fixent ceux, sidérés, du médecin.

— Je ne comprends pas…

— Ben oui…

Un silence perplexe et hébété envahit le petit cabinet à poutres apparentes. On dirait une photographie, un monde pétrifié un lendemain de volcan en éruption. Plus rien ne bouge jusqu'à, enfin, cet infime courant d'air venu d'on ne sait où, de la chatière peut-être, qui finit par faire frémir l'ordonnancier du médecin sur son bureau et le pousser à réagir. Et son comportement, pour le moins inattendu, n'a plus rien à voir avec la consternation observée plus tôt. Bombard paraît soudain soulevé par une frénésie sans limite, fulgurante. Il devient logorrhéique : C'est passionnant. Il faut absolument qu'il informe ses collègues. Il faut absolument trouver ce qui est en train de se passer dans ce corps. Il va lui prescrire un traitement rhumatisant, mais surtout des examens et des rendez-vous avec des spécialistes. Il est possible qu'on ait affaire à une première. Ce serait énorme.

Laura ne le reconnaît plus. Lui si posé habituellement, presque nonchalant, semble colonisé par l'excitation. Totalement engourdie, la jeune femme entend sans réagir les mots « publication », « première mondiale », « analyses biologiques », traces sonores nébuleuses de l'emballement du médecin.

Elle acquiesce à tout, promet de prendre les rendez-vous, de le tenir informé dès qu'une nouvelle évolution se manifestera, de ne pas en parler pour l'instant, de ne pas consulter d'autres professionnels que ceux qu'il lui indique. Elle obtempère, docile, presque soulagée d'être si bien prise en charge. Elle salue. Sort.

Dehors, le vent s'est levé, présageant un orage dont le printemps instable a le secret. Les bourrasques ont dissuadé les promeneurs et la petite rue du docteur est heureusement déserte. Les vêtements de Laura collent à son corps comme si elle sortait d'un grand bain. Elle se hâte vers sa voiture, garée sur le parking occupé en grande partie par une fête foraine de passage. Des hommes indifférents aux soubresauts de la météo montent les attractions. Harnachés et spectaculaires, ils s'affairent sur la façade multicolore d'une maison hantée dégoulinante de têtes de morts, de mâchoires hilares, de squelettes décontractés.

Laura, qui marche d'un pas bousculé, croit éviter *in extremis* une giboulée de peinture rouge, peut-être échappée du pinceau d'un régisseur saltimbanque. Elle ne vérifie pas ; elle file et s'engouffre dans son abri, sa vieille Kangoo verte et providentielle.

Comme en fuite, la voiture franchit le passage à niveau juste avant que les barrières ne s'abaissent. À son volant, Laura glisse progressivement de l'anesthésie à l'affolement presque tachycardique, à tel point que dès qu'elle envisage un repli sur le bas-côté, elle se rabat et coupe le moteur. Là, à l'abri d'un marronnier et d'un bouquet de cerisiers égarés et en fleurs, Laura, hagarde, pose la tête contre son volant. Cette visite médicale est une bombe à fragmentation lente ; elle lui perfore le cerveau. Il lui faut du calme. La radio diffuse une *Suite pour violoncelle* de Bach qui, dans sa régularité suprême, fait l'effet d'un alcool fort et apaisant. Peu à peu, sa pensée s'organise : l'engouement de Bombard ne lui plaît pas. Il n'est pas celui d'un médecin obsédé par la guérison de son patient, mais plutôt celui d'un homme qui pressent une opportunité. Tout indique qu'il va l'utiliser à des fins personnelles et elle n'en a pas la moindre envie. De son exposition récente, elle a conclu qu'elle n'était pas à l'affût de la notoriété. Elle a aimé qu'on parle de sa compétence, mais les babillages annexes l'indiffèrent, et elle sait que ce qui lui arrive est assez extraordinaire pour réveiller de bas instincts. Sans le vouloir vraiment, Bombard pourrait la transformer en une bête de foire. La décision se précise : tant qu'elle n'a mal nulle part, qu'elle n'est pas déformée par cette poussée de croissance, elle ne se fera pas suivre médicalement. Reste que Paul va s'opposer à cette stratégie. Il est si anxieux et protecteur qu'il lui interdira de se soustraire aux examens prescrits par leur cher médecin. Les pensées intérieures se télescopent et créent en elle une douleur stridente. Ne s'agit-il pas de son corps ? De sa santé ? Qui d'autre qu'elle-même peut trancher… ?

Avivés par le vent d'autan, les entrelacs des larges feuilles du marronnier obscurcissent l'habitacle. De temps en temps, des voitures surgissent à vive allure et font trembler la Kangoo. Bach poursuit sa mélodie métronome. Laura relève la tête. Elle va mentir. C'est très inhabituel chez elle mais elle va mentir. À Bombard, et à Paul. À son mari, elle dira que cette croissance n'étant pas accompagnée de douleurs, le médecin lui a prescrit un simple suivi biannuel. Elle nommera sa maladie : acromégalie orpheline. Elle colportera le même boniment à ceux qui la questionneront, si toutefois sa croissance se poursuivait et devenait flagrante.

À Bombard, elle écrira ceci :

Cher monsieur Bombard,

Comment vous dire… Je suis confuse… Tout est parti d'une plaisanterie ridicule avec mon mari quand je lui ai raconté, suite à notre premier rendez-vous, que nous avions cru que j'avais grandi alors qu'il s'agissait d'un problème de notation ! Et nous avons imaginé qu'en mettant sous la plante de mes pieds des semelles adhésives transparentes, vous n'y verriez que du feu et pourriez penser que j'ai effectivement gagné deux ou trois centimètres supplémentaires ! Je n'imaginais pas que cela créerait cette réaction (et cet espoir) chez vous et n'ai pas eu le courage de vous l'avouer directement.

Je vous prie de m'excuser sincèrement, d'autant que j'ai beaucoup d'estime pour vous.

Cordialement,
Laura Delabre

Elle soupire. Elle vient de se donner un répit. Quelques fleurs de cerisier parsèment son pare-brise sans gêner la visibilité. Elle décide de ne pas activer son essuie-glace et redémarre quand Bach fait résonner sa dernière corde.

JOURNAL

Hier, j'ai pris un taxi près de la place Gambetta, conduit par un chauffeur avenant. Je suis montée et lui ai souri par rétroviseur interposé et cela a délié sa langue. Il m'a lancé, enjoué « Ce qui est bien, quand on est chauffeur de taxi, c'est qu'on tourne le dos aux jolies clientes et qu'elles ne voient pas forcément qu'on est vieux ! » Cette remarque m'a piquée et comme j'étais aussi de bonne humeur, et que je prends ces notes en ce moment, je lui ai dit « Tenez, je vais vous raconter ce qui m'est arrivé un jour, à ce propos. Il n'y a pas si longtemps, un homme m'a dit "Vous voyez madame, ce qui est tragique, plus tragique que tout, c'est que vous êtes très jolie mais que vous allez vieillir." »

Après un petit « Oh » de réprobation, le chauffeur de taxi a ri, très franchement. Tiraillé entre la jubilation et la compassion, il a vite commenté, sans doute pour excuser sa faiblesse « Nous les hommes, on est un peu maladroits parfois. On veut faire un compliment et on s'embourbe… » J'ai souri « Oui, mais là il m'a fait un compliment suivi d'un K-O quand même… » – « Oui, ça ! » Le chauffeur a eu du mal à nouveau à cacher sa ferveur légèrement revancharde. Et comme il voyait que j'étais plus amusée que blessée par sa solidarité masculine, il a mordu à l'hameçon : Les rapports entre les hommes et les femmes, hein, c'est compliqué faut avouer. On imagine pas le nombre de couples qui se séparent. Tous ses amis sont séparés. Tous. Et, il peut le dire, y en a pas un qui veut se recaser. Ah non. On ne les y reprendra pas. Lui non plus d'ailleurs, on ne l'y reprendra pas. Le problème, c'est que, arrivé la quarantaine, la cinquantaine, les femmes font leur crise. Elles remettent tout en question. Comme si tout ce qu'on avait fait avant ne comptait pas. C'est fou. Comme si ça n'avait pas de valeur. J'interviens « Les femmes seulement vous croyez ? Les hommes aussi font leur crise, non ? » Non… oui… non. Les femmes, c'est plus. Elles sont dans la tête. Et qu'est-ce que j'ai fait de ma vie… ? Et qu'est-ce que j'ai raté… ? Et qu'est-ce que le temps passe… Ben oui, le temps passe. Et on réussit pas tout. Voilà. « En tout cas, moi aussi je suis séparé, et moi non plus on ne m'y reprendra plus. Ça non. Partager des bons moments, oui… mais s'engager, non. C'est pour ça que quand je vois qu'une femme s'attache à moi je me dis oh là là… il va falloir mettre le holà très vite. (Il a l'air sincèrement ennuyé quand il dit ça.) Je leur dis franchement. C'est terminé pour moi. J'ai une amie qui est inscrite sur un site de rencontres, elle me raconte tout. Elle me dit “il y a un homme qui m’a sélectionnée, c’est cool, il aime les balades en forêt.” Pardon, mais personne n’aime les balades en forêt. Ça n’existe pas. Il n’y a pas d’hommes qui aiment les balades en forêt. » J’interviens à nouveau « Ben quand même, peut-être… » Mais il persiste « Non ! Éventuellement oui, un jour ou deux, mais après les hommes on aime le canapé, les sorties, les boîtes, ça oui. Mais le type qui marque “balade en forêt”, c’est une arnaque. Je lui dis à ma copine. Laisse tomber ce gars. Il est pas sincère. C’est une arnaque. Attention, il m’arrive d’aller à la campagne des fois mais c’est pour faire de la moto. Du moto-cross. Oh pas grand-chose, une 125. Mais ça m’amuse. Alors là oui. Pourquoi pas une balade en forêt en moto. Mais un jour ou deux pas plus. De toute façon, je les comprends pas les femmes. J’en parle souvent avec mes potes taxis. Elles partent toutes. Elles partent. J’ai déprimé mais je déprime plus. Je vis. Je sors. Je profite. Je suis peinard chez moi. C’est très bien comme ça. J’en veux plus des femmes. C’est fini. Vieilles ou pas. »

ROMAN

Évidemment Laura arrive la première. Le restaurant surplombe le canal et quelques bateaux à l'ancre qui créent un port de fortune. La bâtisse en vieilles briques rouges a un charme toulousain et une terrasse fleurie et colorée, cosy et soignée, de laquelle, en ce jour ensoleillé, émane une élégance chic. L'hôtesse confirme à la jeune femme qu'une réservation a bien été notée au nom de Garcia. Elle peut aller s'installer. Ainsi, Laura ne stationne pas longtemps au point d'accueil trop exposé pour elle, et se glisse discrètement jusqu'à la table à nappe blanche.

Laura n'a pas le profil de la clientèle campée là. Des hommes d'affaires en négociation, des commerçants distingués, des sportifs des clubs de rugby environnants, tous ont une aisance tendance. La jeune femme patiente sans consulter son téléphone comme le ferait un habitué arrivé en avance. Elle s'abstient également de regarder l'assemblée tant elle craindrait d'être observée elle-même. Elle habite ce temps vide et perdu d'une forme d'apnée organique, telle une plante discrète.

Il faut la voix sonore de Jeanne Garcia pour la sortir de sa torpeur. Blouson en cuir, chemisier à pois, jean, longue chevelure brune, petit signe amical au patron, au serveur, à un couple attablé, Laura ne l'imaginait pas du tout ainsi ! Elle est jeune – 35 ans, presque comme elle – mais bien plus citadine et énergique qu'elle. Immédiatement fascinante. Elle arbore un grand sourire et des dents alignées à la vue de Laura. Elle s'assoit en poussant la chaise bruyamment. Elle s'excuse de son retard. Souffle. Sourit. Que c'est bon d'être là. De rencontrer Laura. Elle y tenait vraiment et a craint jusqu'au dernier moment de devoir annuler. Une commande est tombée d'un grand restaurant espagnol et on manquait de stocks. Il a fallu aller dénicher les dernières bouteilles au fond de la cave de ses parents pour pouvoir l'honorer ! De l'avantage d'être viticulteurs de père en fille. Est-ce que Laura connaît le Jolimont ? C'est leur dernière bouteille. Hop ! Elle en sort une de son sac et la passe, presque sous la table, à Laura qui comprend qu'il faut qu'elle s'en empare car c'est un cadeau, discret, de la patronne.

— Vous m'en direz des nouvelles !
— On adore vos vins. Vraiment.
— Qui ça on ?
— Mon mari et moi.
— Mais il n'est pas là, si ?

Jeanne a un petit sourire mutin et provocateur.

— Non mais… oui. Vous avez raison : j'adore vos vins.

— Voilà. Je préfère. On se tutoie ? Ça te va ?

— Oui ! Bien sûr, pas de souci.

— C'est dingue ce qui t'arrive, non ?

— Quoi ? La radio, tout ça ? Oui, vraiment, c'est marrant.

— J'adore ce genre d'histoire. Le quotidien bousculé. On croit qu'on est entré dans une petite vie et que c'est tout tracé et non…

— Oui, enfin…

— Tu as choisi ?

— Non, pas encore.

— On choisit et je te parle d'un truc.

— Ok…

Les yeux se plongent dans le menu. Laura est impressionnée par les prix, tout de même, et puisque Jeanne Garcia n'est pas dénuée d'attention elle murmure « C'est moi qui t'invite, hein ». Cette précision n'empêche pas Laura d'orienter ses choix en fonction des tarifs ni même d'hésiter à prendre une entrée. Son éducation modeste l'emporte et elle ne comprend pas ce besoin d'être privilégié qui domine chez certains. Elle en a souvent parlé avec Mathias, son frère, d'accord avec elle sur ce point. Il avait même élaboré un principe de circulation des biens basé sur la modération. Par exemple, un jour par semaine, ceux qui ont l'habitude de prendre des desserts au restaurant n'en prendraient pas mais le paieraient. Même chose pour ceux qui consomment du vin. L'argent recueilli irait immédiatement aux associations caritatives de la ville. Laura avait applaudi des deux mains. Je vote pour toi ! Mathias avait montré ses biceps et précisé qu'il en avait aussi au cerveau. Le frère et la sœur avaient envisagé d'écrire au ministère des Finances pour leur soumettre l'idée. Et ils avaient ri comme des clés à molette.

Jeanne Garcia commande un plat végétarien en se justifiant : de temps en temps, ça ne fait pas de mal à la planète ; Laura, elle, opte pour un poulet cuisiné aux herbes et à la tomate de Marmande. La vigneronne choisit le vin. Dès qu'il est servi dans le grand verre, Jeanne demande à Laura ce qu'elle en pense. La jeune femme rougit, le goûte, et se lance. C'est un vin jeune de belle texture. Elle aime l'intensité de ses arômes de fruits mûrs, rehaussée d'un léger boisé. Il a du volume en bouche, des tanins présents, et une finale vanillée qui donne envie de se resservir très vite !

« Je suis en total désaccord sur la conclusion, car un verre me suffira largement, mais très impressionnée par le reste ! » conclut Jeanne, et elle éclate d'un rire volubile. Décidément, Laura lui plaît.

— Bon, chère Laura, venons-en au fait ! Le domaine de Montius dont je m'occupe est en plein développement, en pleine croissance. Les vins de Bordeaux sont très classiques, les bourgognes sont hors de prix, l'étranger commence à s'intéresser à notre territoire et à découvrir que nous avons non seulement du savoir-faire, mais aussi des terroirs variés, différents selon qu'on se trouve rive droite ou rive gauche de la Garonne. Vieux calcaire de Castillon d'un côté, calcaire aquitanien plus jeune de l'autre… Cela ouvre les possibles en termes de saveur et de vinification ! Nos tarifs, comparativement, restent abordables. On peut déguster un très bon vin chez nous pour 15 euros. Entre un bourgogne rouge et un Dansefou les gens commencent à y réfléchir à deux fois.

— Oui, c'est sûr.

— Tu vois où je veux en venir ? Le Japon commence à s'intéresser à nous.

— Ah bon ?!

— Oui. Cela fait deux ans qu'on essaie de séduire un grand importateur de Tokyo. C'est lui qui se charge de redéployer les vins dans tout le pays. Je sens, je sais, que nous pouvons conquérir un marché important là-bas, j'ai demandé à mon dircom export d'y travailler, mais je vais le dire trivialement, il est nul sur ce coup-là. Il n'y connaît rien au Japon.

— …

— Je suis persuadée que pour bien vendre là-bas, il faut de la culture. Le produit ne suffit pas. On ne peut pas, avec notre prétention à la française, débarquer en disant « Notre vin est bon, croyez-moi », il faut connaître. Connaître les us et coutumes de l'autre. Qu'est-ce que le Japon pour un Marmandais, hein ? En tout cas, au domaine de Montius, personne ne sait.

— Ah...

— Tu lis quoi en ce moment ?

Jeanne a cet art de changer de sujet tout en ne quittant pas son objectif.

— Comment ça... ?

— Ta lecture du moment, c'est quoi ?

— *Birthday Girl.* C'est une nouvelle d'un auteur très connu, Murakami. Que je n'avais pas encore lue, je ne sais pas pourquoi !

— Raconte !

— C'est... c'est court, ça se lit très vite.

— Vas-y ! Envoie !

— Ben... disons, c'est... Un narrateur nous rapporte sa discussion avec une jeune femme de 30 ans. Elle lui raconte ce qui s'est passé le jour de ses 20 ans. Elle était serveuse dans un restaurant italien de Roppongi, un quartier chic de Tokyo, et obligée de travailler ce soir-là pour remplacer une collègue malade. Mais elle s'en foutait parce que son petit ami l'avait quittée récemment et elle était seule, alors son anniversaire, de toute façon... Elle se rend à son travail, donc. Il fait froid dehors, le ciel est noir et menaçant. Au restaurant, il n'y a pas beaucoup de clients. Elle commence à faire le service. On apprend qu'habituellement, le directeur va porter son plateau-repas au propriétaire des lieux qui vit reclus à l'étage du dessus et que personne ne voit jamais.

— Le propriétaire a besoin qu'on lui porte son plateau-repas ?

— Oui. Et c'est le directeur qui s'en charge. Mais ce soir-là, en plus de tout, le directeur du restaurant est absent, il est malade ! Alors c'est elle qui est désignée pour monter son plateau au vieil homme. Murakami nous décrit l'ascenseur, le couloir... C'est mystérieux et angoissant. Il l'a fait déjà dans *Danse, danse, danse*... Ça me l'a rappelé... Le narrateur monte les étages d'un hôtel et se retrouve face au fantôme d'une femme...

— J'adore...

— Enfin... Bref. Dans *Birthday Girl*, l'héroïne se retrouve face à un vieillard qui ne fait pas que prendre le plateau-repas. Il la retient. Il est étonné de la voir là. Alors il la questionne. Depuis quand elle travaille au restaurant ? Pourquoi c'est elle qui lui porte son plateau ? Et quand il apprend que c'est son anniversaire, qu'elle a 20 ans, il devient énigmatique. Puisque c'est son anniversaire, il lui demande de faire un vœu, n'importe quel vœu, et il l'exaucera. La jeune femme hésite, réfléchit, puis joue le jeu. Elle fait un vœu qu'elle ne nous dit jamais, mais elle raconte que ce vœu a surpris le vieillard. Quand le narrateur lui demande si elle peut le lui confier, à lui, dix ans plus tard, elle refuse ! Il ne lâche pas : a-t-il été exaucé, au moins ? La jeune femme répond qu'il est partiellement exaucé, mais qu'elle ne sait pas s'il le sera totalement. Il faudra du temps pour le savoir.

— On ne sait pas quel vœu elle a fait, alors, ni s'il a été exaucé totalement ? C'est super frustrant.

— Oui ! En revanche, elle demande au narrateur quel vœu il aurait fait, lui, à sa place. Le type dit qu'il n'en a aucune idée, alors la jeune femme conclut « C'est parce qu'il est déjà exaucé alors, ton vœu. » Selon elle, s'il n'a pas de vœu, c'est qu'il est déjà exaucé.

— …

— …

— C'est tout ?

— Oui.

— Et ça te plaît ?

— Oui… oui, parce que j'ai l'impression que je vais y repenser souvent… Ça me fait ça, les bons romans…

— Mmh… Bon… Peut-être… Et tes auteurs préférés ?

— Classiques ou contemporains ?

— N'importe… Dis-moi des noms, juste pour les entendre…

— Heu… J'aime tout en fait mais… Kenzaburô Ôé, Edogawa Ranpo, Akutagawa, ou Yôko Ogawa, Aki Shimazaki, Ryu Murakami aussi. L'autre Murakami, comme on dit… Il est bien déjanté.

— J'adore… Mais pourquoi tu n'as pas fait des études autour de ça ? Du Japon… Des écrivains japonais ?

— Ben… Y a un professeur de français qui me l'a suggéré en seconde, mais je me sentais pas capable ;

et mes parents, ça les rassurait pas trop que je lise tout le temps, comme ça, des romans japonais. Alors voilà.

Le regard inquisiteur de Jeanne se fige de longues secondes, en scanner, puis elle agite sa grande chevelure.

— Chère Laura, considère ce déjeuner comme un entretien d'embauche. Et l'entretien est réussi. Je t'embauche.

— Comment ça… je n'ai rien dit ! Et je… j'y connais rien en vente, moi.

— Je ne te demande pas de vendre. Patrick s'en chargera. Je te demande de nous alimenter en récits sur le Japon, comme tu viens de le faire. En romans, en personnages, en mythologie… Cela nous servira pour le design des bouteilles, mais aussi pour les dépliants, les mails, les rencontres. Je te propose un CDD d'un an à 2 500 euros par mois pour cette mission. Tu vois, je ne lésine pas. Je veux mettre un gros coup d'accélérateur. Et toi, tu ne parleras que de vin et de Japon pendant un an ! J'ai l'impression que ça pourrait te plaire.

Jeanne déverse son projet comme on sert à la cruche. Les éclaboussures de son désir entrent dans la sphère de Laura par effraction. Cette femme, de sa génération pourtant, ne ressemble à rien de ce qu'elle connaît. Quelques clientes de son mari, parfois, arborent une grande gueule bourgeoise et assurée, et elle rit à ses caricatures quand il les imite.

Mais Jeanne Garcia n'est pas ridicule. Elle est saillante. Elle est efficace. Vivante. Moderne. Femme d'affaires rodée à la confrontation et à un monde d'hommes aussi, sans doute.

Passer son temps à parler de Japon et de vin pour 2 500 euros par mois !? La phrase stationne comme une vapeur d'espérance.

Ça ne se refuse pas… Il faut qu'elle en parle à Paul, mais ça ne se refuse pas.

— Ça ne se refuse pas, chère Laura. Je ne comprends même pas pourquoi tu réfléchis !

— Je ne réfléchis pas… Je…

— Quoi ?

— Je vais dire oui, mais…

— Mais ?

— Je vais d'abord en parler à mon mari…

— (Rires.) Évidemment ! À tes enfants aussi ?

— Je n'en ai pas.

— Cool ! J'en ai un, je l'élève seule, je galère.

— Et puis…

— Quoi encore ?

— Il faudra lui laisser le temps de trouver quelqu'un pour me remplacer.

— Il fait quoi ton mari déjà ?

— Peinture et rénovation.

— Quelle dimension ?

— On est dix. Lui, huit ouvriers permanents. Et moi pour la gestion.

— Aucun souci. Je l'aiderai à trouver quelqu'un pour te remplacer. On trouve plus facilement un bon gestionnaire dans le coin qu'une spécialiste du Japon.

— ...

— Quoi ???

— Je dois être honnête.

— Vas-y...

— J'ai depuis peu une maladie bizarre...

— ... Grave ?

— ...

— Cancer ?

— Non !

— Quoi alors ?

— Je grandis.

— Tu grandis... Comment ça... ?

— Il est probable que ce soit une poussée de croissance, mais... on ne sait pas encore quand elle va s'arrêter.

— Ça existe, ça ?

— Oui, c'est... c'est une forme d'acromégalie. Une variante orpheline. Ce n'est pas du gigantisme, mais c'est un dérivé, moins grave... Extrêmement rare.

— (Rires.) Bon... Et... quelles sont les conséquences ?

— Pour l'instant aucune. Sauf... que je grandis. Ça va peut-être s'arrêter demain, mais ça va peut-être continuer. On ne sait pas.

— Tu es suivie médicalement ?

— Oui, enfin... On fait un point biannuel.

— Ça ne peut pas t'empêcher de travailler ?

— Non ! Je n'ai mal nulle part, je suis même en super forme !

— Ben alors je m'en fous. Autre chose ?

— Non.

— Je préviendrai le groupe et on n'en parlera plus, ça te va ?

— Oui, voilà, oui…

Le brouhaha environnant que Laura, trop anxieuse, n'entendait plus remonte tel un ressac rassurant. Elle boit une gorgée de vin. La note de vanille dans son palais s'amplifie et se répand. Elle prend une grande inspiration.

JOURNAL

« À 40 ans, un jour, j'ai pensé : "Au fond du miroir la vieillesse guette ; et c'est fatal, elle m'aura." Elle m'a. Souvent je m'arrête, éberluée, devant cette chose incroyable qui me sert de visage. Je comprends la Castiglione qui avait brisé tous les miroirs. Il me semblait que je me souciais peu de mon apparence. Ainsi les gens qui mangent à leur faim et qui se portent bien oublient leur estomac ; tant que j'ai pu regarder ma figure sans déplaisir, je l'oubliais, elle allait de soi. Rien ne va plus. Je déteste mon image : au-dessus des yeux, la casquette, les poches en dessous, la face trop pleine, et cet air de tristesse autour de la bouche que donnent les rides. Peut-être les gens qui me croisent voient-ils simplement une quinquagénaire qui n'est ni bien ni mal, elle a l'âge qu'elle a. Mais moi je vois mon ancienne tête où une vérole s'est mise dont je ne guérirai pas.

Elle m'infecte aussi le cœur. J'ai perdu ce pouvoir que j'avais de séparer les ténèbres de la lumière, me ménageant, au prix de quelques tornades, des ciels radieux. Mes révoltes sont découragées par l'imminence de ma fin et la fatalité des dégradations ; mais aussi mes bonheurs ont pâli. La mort n'est plus dans les lointains une aventure brutale ; elle hante mon sommeil ; éveillée, je sens son ombre entre le monde et moi : elle a déjà commencé. Voilà ce que je ne prévoyais pas : ça commence tôt et ça ronge. »

Bon, eh bien… Elle l'a fait. Ça s'intitule *La Force des choses*. Puis *La Vieillesse* – sous forme d'essai. Elle s'appelle Simone de Beauvoir.

Laura, délicate, n'a pas mis Paul devant le fait accompli. Même si, profondément, sa décision était prise, elle a préféré qu'il participe avec elle à l'arbitrage. Ils ont listé les avantages : le salaire, la passion, l'aventure. Et les inconvénients : la difficulté de remplacer Laura, qui a vu naître « Peintures et Rénovations » et connaît la société mieux que personne ; le contrat à durée déterminée et la fragilisation possible de leur couple en cassant un équilibre établi depuis maintenant dix ans. Paul a ajouté les « problèmes de santé » de son épouse, mais cette dernière a promis d'être réactive à la moindre souffrance. Bombard a garanti qu'avec le traitement d'appoint qu'il lui a prescrit, elle pourrait voir venir selon l'évolution de la maladie, qui parfois s'arrête d'elle-même et sans aucune intervention. Son cœur s'est serré quand elle a prononcé ces mots mensongers. Bombard n'a rien dit. Il n'y a pas de nom à sa pathologie. Elle grandit, c'est tout. Comme Alice au pays des Merveilles. Elle a dû manger un mauvais champignon. Est-ce finalement une maladie que de grandir ?

Paul a fini par se rendre à l'évidence. Il ne fallait pas manquer l'occasion. « Il faut que tu acceptes. C'est un bon poste. Et tu vas t'éclater. » Laura a murmuré « C'est ce qui me semble aussi… » Le regard de Paul a fui vers l'extérieur et les rosiers. Cette image n'a fait que renforcer sa tristesse. Sa femme n'est plus une rose dans un vase dont il faut prendre soin, elle est cette plante dans ce jardin, arrosée par les pluies, qui appartient à sa maison, certes, mais trouve sa force seule et éclôt sans rien demander à personne. Ou presque. Fragile, mais autonome.

La première réunion au domaine de Montius a lieu quinze jours après la proposition de Jeanne Garcia et Laura a encore grandi de deux centimètres. Elle s'est mesurée avant de partir. Ce geste s'est rajouté à son rituel matinal et a trouvé sa place entre le réveil et le petit déjeuner. Elle a dessiné un trait discret, au crayon à papier, sur le mur jaune tournesol de la salle de bains, et elle compare. Son visage s'est encore creusé et, si ses fesses gardent leur arrondi musclé, le haut de son corps, lui, semble flotter dans le chemisier fleuri qu'elle a choisi pour l'occasion.

Jeanne Garcia préside une assemblée d'une dizaine d'employés. Près d'elle, quatre hommes dont Patrick Pons, quinquagénaire au crâne rasé, à la voix grave, au charme viril et paternel, qu'elle présente comme le directeur commercial à l'export, et « la mémoire de la maison », à qui Laura aura affaire régulièrement. Il accueille sa nouvelle partenaire d'un regard cordial mais las. Près de lui, le directeur commercial France assistera quelquefois aux réunions mais simplement pour être informé de ce qui se passe. Jeanne présente également Laurent Castenac, maître de chai, quadragénaire vêtu d'un pull irlandais, et enfin son complice (aucun des deux n'acquiesce à ce terme), le si précieux Fabien Barbier, trentenaire au bouc taillé et à l'œil qui pétille, œnologue récemment embauché pour accompagner Castenac dans l'élaboration des vins, et avec qui Laura sera également en lien rapproché. Deux femmes sont présentes, élégantes des ongles au collier, assistantes prêtes à prendre des notes, ainsi que deux jeunes hommes sur la réserve, stagiaires longue durée au service export. Jeanne décline les profils de chacun avec une affection mâtinée d'un humour parfois grivois qui pourrait surprendre si l'auditoire n'y était habitué. Laura, bon public, arbore un large sourire faisant la joie de la patronne qui en rajoute, cabotine, remonte son soutien-gorge quand elle affirme « Les meufs sont là en force ! » pour passer à la présentation de Laura et au descriptif de sa mission. Le premier mois de sa nouvelle recrue sur le domaine se déroulera ainsi : la moitié du temps elle viendra sur place pour s'imprégner du travail à la vigne, apprendre comment fonctionne le domaine, ses vins, le service commercial et toutes les étapes d'élaboration ; l'autre moitié du temps, à distance, elle recensera sous forme de fiches les livres qu'elle a lus. Une fois par semaine, ils se réuniront pour *brainstormer* de façon informelle. Progressivement, les mois suivants, ils décideront plus concrètement des actions à engager. Documentations, *leaflets*, éléments de langage, mailing, packaging, *et cætera*. Une fois par semaine on consultera Laura pour enrichir la réflexion. Il faudra être vigilant au moindre détail, au moindre mot. Jeanne est convaincue que la différence se fait sur des détails. Cela va de la qualité du vin à l'harmonie parfaite de sa présentation. Le deuxième trimestre sera employé à récolter les fruits du travail accompli, rencontrer les interlocuteurs japonais. Le dernier semestre sera celui des ajustements – il y en aura sans doute – et de la multiplication des supports. Laura sera en lien privilégié avec Patrick, donc, pour l'aspect commercial, et avec Fabien pour la maîtrise des vins à mettre en avant.

Tout le monde acquiesce au *business plan* de la cheffe d'entreprise. Patrick Pons précise qu'ils feront appel à un traducteur japonais qu'ils solliciteront ponctuellement. Jeanne abonde mais croit nécessaire de rassurer Laura sur le fait qu'il s'agit d'un traducteur d'entreprise et qu'il ne se mêlera jamais du contenu. Elle sera pour cela leur seule interlocutrice.

Tout ce qui est énoncé met Laura dans un état de plénitude qu'elle peine à cacher. Tout lui plaît dans ce qui l'attend. Tout l'excite. La façon dont Jeanne parle d'elle, aussi, la galvanise. Cette phrase : « Je souhaite que Laura soit notre seule interlocutrice », c'est une déflagration. Comme à la médiathèque quand Nadja lui a proposé d'animer le débat et que, même impressionnée, elle avait ressenti une forme de cohérence à cette requête. Depuis, cette sensation d'élargissement, de légitimité, s'installe avec force. Certes, Laura se racle encore la gorge quand elle répond aux questions qu'on lui pose, mais elle commence à s'y habituer. Son avis compte et va compter.

Presque flegmatique, Jeanne dit à l'assemblée qu'elle doit, avant de clore la réunion, leur transmettre une dernière information plutôt singulière : Laura souffre d'une maladie bénigne qui a pour conséquence qu'elle grandit. Elle est suivie pour ces symptômes qui ne l'empêcheront en rien de travailler. Elle le dit une bonne fois pour toutes et suggère à tous de ne plus jamais faire référence à cette annonce. « Nous ne sommes pas là pour parler morphologie. » Malgré la mise en garde de la patronne, la surprise est visible sur chacun des visages, les yeux s'ouvrent mais les bouches se taisent. Laura, un peu honteuse, baisse la tête. Puis elle la relève et sourit, tranquille. Ce sourire contagieux gagne les visages, sauf celui de Jeanne, déjà occupée à rallumer son téléphone portable.

Paul n'a jamais vu sa femme aussi heureuse, aussi bavarde, aussi virevoltante. Elle parle de chacun, ne se souvient pas du nom d'unetelle, qui a un patronyme compliqué, mais une très bonne tête. « Jeanne, elle est incroyable, tellement dynamique, et elle mène ses troupes de main de maître. Elle fait le clown parfois, on est pliés de rire. Elle élève seule un enfant, tu sais ? En plus de tout ! On se demande où elle trouve toutes ses ressources. Elle a de l'argent par son père mais l'argent ne fait pas tout ! » Le prochain vin, Laura l'a goûté en primeur, c'est un régal. Un vieux cépage de la région, l'abouriou, remis à l'honneur. Elle a hâte que Paul le goûte. « Je leur ai parlé de Takeshi Kaikô, ils ne connaissent pas ! Pourtant, son roman parle précisément de deux amateurs de vin qui dégustent une romanée-conti. Un écrivain et un entrepreneur. Et les saveurs leur rappellent leurs premières amours. Jeanne et Patrick m'ont demandé de leur faire une fiche pour mardi. J'ai pensé à Tadashi Agi aussi. C'est un manga – je connais moins – mais je vais m'y mettre. » Mais elle fera surtout les classiques, bien sûr. Ce sera l'occasion de les relire et d'en découvrir d'autres. Enfin, elle ne sait pas encore. Elle va réfléchir à tout ça ! Laura n'a jamais eu autant de choses à dire. Elle est jolie à s'illuminer comme ça, Paul le lui chuchote, en plus il adore son chemisier à fleurs. Il dit « Je perds une gestionnaire, mais je gagne un papillon. » Laura l'embrasse. Il met sa main sur sa hanche. « J'aime bien que tu me racontes tout ça. Ils ont l'air bien gratinés. » Laura rétorque « Pas plus que toi ! »

Les fenêtres sont ouvertes. L'air circule dans la maison blanche à volets bleus. La musique rap sortie d'un bolide qui passe au loin parvient même à se mêler à l'ambiance, et Laura, électrisée, profite des basses diffuses pour danser imperceptiblement. Vive le Japon. Vive le vin. Vive Paul. Vive tout.

JOURNAL

Deux journalistes hommes viennent d'être suspendus d'une antenne de radio pour une plaisanterie lourde et misogyne – qui m'a fait rire. Je traîne sur Internet pour regarder les commentaires.

« Le pire c'est qu'ils ont raison. La fille est moche. »

« En éliminant le caractère masculin (avec forcément quelques débordements de mauvais goût) vous arriverez, mesdames, à faire des hommes une catégorie d'eunuques. Il restera à vous débrouiller entre vous. Ce que font peut-être déjà vos dirigeantes qui montrent chaque jour leur haine vis-à-vis des hommes. Et je ne pense pas en disant ça promouvoir la culture du viol. »

« La dictature du féminisme. Condamnés avant d'être jugés. Quand la bêtise devient un crime. »

« Putain les meufs elles vont pas commencer à nous emmerder juste pour ça. »

« C'est pas les meufs, c'est des mecs en plus, qui jouent leur jeu. On est mal barrés. »

« Moi, je connais plein de nanas qui s'en foutent de cette vanne. »

« Lamentable pour notre société. Aujourd'hui pour faire une blague, il faut qu'elle plaise à tout le monde. »

« Si j'ai bien compris, critiquer une femme devient du sexisme. »

Ajouté à cela, l'écrivain Yann Moix qui déclare maintenant à qui veut l'entendre son absence totale de désir pour les femmes de 50 ans, parce qu'elles sont invisibles à ses yeux uniquement séduits par les jeunes Asiatiques ! Malgré toute la curiosité que sa complexité m'inspire, Moix m'apparaît comme un vieux taureau bravache qui se jette dans une arène de pacotille que bien des femmes ne comptent jamais fouler.

Tout cela a quand même des airs de panique à bord.

ROMAN

Les premiers jours, Laura découvre le domaine. Patrick Pons, le directeur commercial export, joue les guides désenchantés. Laura se demande qui se cache derrière ce caractère bougon et ombrageux, pourtant plutôt sympathique. Elle ne peut pas savoir que cet homme est le fils maudit d'un grand vigneron du Bordelais. Ce dernier a quitté son épouse brutalement et s'est remarié à une femme détestée par son fils, belle-mère de conte de fées que Patrick Pons tient pour responsable de la dépression de sa mère et de son propre bannissement. À 20 ans, il a fui ce milieu qu'il jugeait « toxique » et le confort qu'il lui offrait pour faire de la musique, mais il s'est finalement aperçu qu'il aimait le vin plus que tout. Il a commencé ici comme simple vendangeur – à moins d'une centaine de kilomètres de son village natal – et a gravi les échelons dans l'ombre de tous pour se retrouver, étonné, à ce poste finalement gratifiant. Il sait que ses anecdotes et sa culture du vin lui ont valu son grade et son efficacité, mais il ne s'est jamais débarrassé d'un syndrome d'imposture qui se manifeste par des éclats d'acrimonie déconcertants.

Dans les vignes, Pons et Laura sont accueillis quotidiennement par Castenac, le maître de chai. Il se délecte à expliquer la lecture du paysage, les sols, les sous-sols, les expositions, les cépages d'assemblages ou uniques, la géologie même, sans craindre de remonter au Tertiaire ou au Quaternaire ; le climat océanique aux nuances méridionales propices à la surmaturité du raisin. Laura et Pons, complices, sourient quand, chaque jour ou presque, Castenac demande à Laura s'il lui a déjà dit le temps d'ensoleillement dans la région : 1 952 heures en moyenne. Et il radote également sur leurs terroirs qui contribuent à la variété de leurs vins. Mais il est attachant, passionné et accueille les impertinences, contrariétés et autres conflits avec une souplesse de judoka.

À la cuverie, Fabien Barbier, l'œnologue, seconde Castenac pour détailler les techniques de vinification et leurs conséquences aromatiques. Il évoque l'écoconstruction du chai et son parcours technologique. Toujours élégant, précis, mi-gentilhomme, mi-faucon, il manie la dérision et la plaisanterie avec une bienséance ambivalente. Ainsi, un matin, il demande à un ouvrier de faire monter Laura sur une échelle métallique afin qu'elle puisse accéder au dessus de leurs cuves en inox. Laura, enchantée par l'idée, se trouve un peu ridicule une fois là-haut et se demande si la bienveillance ou la moquerie ont prévalu dans la proposition du jeune homme. S'il ne laisse paraître aucune expression grivoise, un des ouvriers présents, lui, ne se prive pas. Qu'importe, elle aurait regretté de ne pas le faire. Quand elle redescend, Barbier rapporte qu'il n'y a pas si longtemps encore, les femmes n'étaient pas bienvenues en cuverie. On les accusait, surtout en période de règles, de faire tourner le vin. Bien heureusement, les mentalités évoluent. Jeanne en est une incarnation flamboyante.

Vin blanc, vin rouge. Le domaine ne fait pas de rosé. Fabien explique à la nouvelle recrue que, pour les Japonais, ils ont choisi de se concentrer sur des vins monocépages, peu tanniques, reflets de leur terroir, à la façon de ceux qu'on trouve en Bourgogne (sa région d'origine au demeurant). Ce type de vin s'accorde mieux avec la cuisine asiatique.

Si Patrick Pons, le directeur commercial, a un charme rustique, le jeune Fabien, lui, a une virilité nerveuse et raffinée. Il parle vite, dégaine des références sans cesse et dégouline d'ambition. Jeanne par-ci, Jeanne par-là… Pons confie d'ailleurs à Laura que « Barbier est très séduisant mais on sait tous qu'il se sert de Montius pour mieux se barrer un jour. En plus, il carbure à la coke le week-end. À ce rythme-là, il n'aura plus de nez d'ici cinq ans, si ce n'est trois. » À part ça, Pons dit qu'il est bon, même très bon œnologue. Cultivé, distingué. Jeanne recrute toujours très bien.

Ces premiers moments, bien qu'épuisants, plongent Laura dans une joie jamais éprouvée jusque-là. Elle se sent en harmonie avec ce qu'elle fait et s'émerveille d'être payée pour ça. Ce privilège, elle ignorait qu'elle n'en jouissait pas. Désormais, elle le mesure et le savoure. Travailler à utiliser et à creuser ses connaissances pour aider un domaine viticole qu'elle estime, de taille humaine, à se développer et à grandir est un enjeu qui la comble. Ce qui la surprend plus que tout, c'est qu'elle n'a pas peur. Ses journées s'organisent de façon très naturelle et souple. Elle semble avoir été faite pour ça. Quand elle se méprend, elle l'avoue. Quand elle sait, elle le dit, sans heurter ou plastronner. Elle est sûre de ses références. Elle a confiance en sa rigueur, acquise à force d'étudier les comptes et les colonnes de gestion. Les premières réunions se passent très bien. On l'écoute. On la considère. Elle est appréciée de tous. Hommes et femmes. Elle est discrète. Enfin, un peu moins qu'au début puisqu'elle a encore grandi de quatre centimètres et mesure à présent 1 m 68. Mais cela reste négligeable et anodin, comme passer des talons plats aux talons compensés. Ses collègues n'y pensent pas. Personne n'y fait allusion. Elle-même commence à le vivre avec légèreté. Elle se mesure au lever du jour et, quand le mètre indique un centimètre supplémentaire, elle ne s'alarme pas plus que devant un kilo pris ou perdu après la pesée du matin. Par moments, ses pieds douloureux dans ses chaussures lui remémorent sa particularité, et elle s'assombrit. Alors elle achète une nouvelle paire et son esprit est tellement occupé par son travail, les idées à trouver, les livres à relire, les vins à goûter (elle partage cet aspect savoureux de sa charge avec Paul quand c'est possible) qu'elle oublie l'étrange anomalie surgie dans sa vie. Elle se rend toujours au club d'œnologie pour le plaisir de rire encore avec ses amis dont l'objectif, plus que la dégustation, est surtout de rompre le ronronnement de leur vie. On la trouve « affinée » et « affirmée » aussi. On s'étonne de cette maladie mais les mots savants qu'emploie Laura font taire le quidam. Elle ne se confie à personne, pas même à Mélodie de qui elle se sent proche par la fantaisie, mais dont le ton péremptoire, notamment quand elle parle politique, lui fait peur. L'amour fusionnel avec Paul l'a finalement privée de toute autre relation auprès de laquelle elle pourrait s'épancher. Son frère Mathias aurait pu être celui-là, mais il a été très défiant quand elle lui a annoncé sa « maladie », soupçonneux d'une blague de mauvais goût, puis soudainement trop inquiet ; elle a fini par user de la même stratégie qu'avec son mari : Ce n'est pas grave, quelques contrôles médicaux et ça ira. Cela finira bien par se calmer. Le petit frère s'est précipité sur l'opportunité de dédramatiser et ils ont changé de sujet.

Tant pis-tant mieux. Elle n'a pas envie de s'appesantir sur tout cela. Elle préfère s'immerger dans les livres, lus et relus, dont la puissance continue de la transporter. Et faire des fiches.

« *Le Pont flottant des songes* de Tanizaki se déroule dans une propriété, celle du narrateur, qui coupe d'est en ouest le bois de Tamasu, près du village de Shimogamo. Le narrateur s'appelle Tadasu. Devenu adulte, il se souvient de sa mère. Ou, disons plutôt de *ses* mères, car il en a deux. En effet, sa mère biologique meurt alors qu'il a 6 ans, et son père en souffre tant qu'il se remarie très vite avec une femme à qui il demande de renoncer à son nom pour porter celui de son épouse disparue : Chinu. La nouvelle mariée accepte. L'enfant s'attache rapidement à cette deuxième maman, qui est dans un tel mimétisme de sa mère biologique que peu à peu, Tadasu ne sait plus si les souvenirs qu'il a ont eu lieu avec l'une ou avec l'autre. Plus on progresse dans le récit, plus on comprend que cette confusion entre les deux femmes est une volonté résolue du père. C'est parce qu'il veut protéger son fils de la douleur du deuil qu'il a fait en sorte que les deux mères fusionnent. En grandissant, Tadasu se demande si Chinu 2 n'est pas hantée par le fantôme de Chinu 1, et si cette mère perdue n'est pas en quelque sorte toujours là… Le trouble s'hypertrophie quand il devient adolescent. Si Chinu 2 n'est pas sa mère et qu'il l'aime autant, où est l'interdit ? Ne peut-il pas l'aimer comme un homme ? D'autant que son père, malade, semble lui céder la place… »

Quand elle partage cette fiche avec Jeanne, Patrick Pons et Fabien Barbier, la patronne est la première à réagir. À part le titre qu'elle trouve magnifique, *Le Pont flottant des songes*, elle ne sait pas si on peut faire quelque chose de tout cela… Fabien plaisante immédiatement « Il est quand même chelou, ce père, non ? » ; « La belle-mère est pas mal non plus… » continue Pons, acerbe. Laura précise que rien n'est pervers dans le récit. Tout est motivé par l'amour. Le père adore son fils, et c'est pour cela qu'il agit ainsi. La deuxième mère adore son mari et c'est pour cela qu'elle lui obéit. Les choses sont souvent embrumées, inattendues, dans les romans japonais. Jeanne hausse le sourcil, sceptique, et se tourne vers Fabien, toujours songeur.

Face à cette chape de perplexité, Laura s'anime : pour la mission qui les concerne, il ne faut pas s'en tenir à l'histoire, mais plutôt aux sensations qu'elle crée : l'amour, l'interdit, la profondeur, la suavité de l'intention, la complexité du résultat, le doux et l'amer… Tout cela peut se traduire en saveurs. Elle ne connaît pas encore assez les vins mais il lui semble, intuitivement, qu'une transposition est possible.

Les yeux s'allument alors que les esprits se mettent à chercher. Même Pons paraît agité par l'exercice ; mais c'est Fabien qui dit « La complexité… La profondeur… L'interdit… Le doux et l'amer… notre "Labranne", c'est un peu un *Pont flottant des songes*, non ? »

JOURNAL

Je ne sais pas ce que je vais écrire, mais je n'écrirai pas sur la vieillesse d'une femme. Ça ne m'intéresse pas. Makine fait diversion. Il m'incite à raconter que les femmes vieillissent et que c'est dur (je ne le conteste pas) alors qu'en ce moment, sous ses yeux, partout, elles se lèvent et elles dansent. Elles ont des chemisiers légers ou des pulls virago, elles sont diplômées ou gueulent faute de mots, elles enlèvent le voile ou le mettent – en signe contestable d'insoumission –, mais elles dansent. Pour qu'on les écoute et les considère ; pour qu'on les regarde sans altitude condescendante. Si elles pouvaient grandir pour qu'on les voie mieux, elles grandiraient, mais elles ne peuvent pas. Alors elles dansent ; même vieilles, j'en vois qui dansent. Elles dansent et le frappement de leurs pieds fait trembler la planète. Et Makine, Moix, les journalistes goguenards, regardent ailleurs parce que ce tremblement qui les secoue jusque dans leur sexe, ils ne savent pas quoi en faire, et nous non plus.

On sait juste que cette danse est nécessaire, indispensable, même si elle est désordonnée. Même si on ne danse pas toutes pareil et que certaines nous écorchent au passage avec leurs ongles acérés, tant elles s'agitent et prennent de la place, tant elles chantent fort et en colère, et on change de piste pour s'éloigner un peu, mais on continue de danser. On verra bien. C'est ce qu'on fait.

Oui, Andreï Makine, les femmes vieillissent, plus cruellement que les hommes peut-être, et encore ; mais elles crèveront comme eux, comme vous, comme Eguchi allongé près d'une belle endormie et qui pleure ses amours passées. Et ça, la mort, le temps, ça ne se raconte pas, ou ça se raconte sans cesse, disons entre chaque mot, entre chaque virgule, dans les espaces blancs de nos textes qui ont l'air de réciter autre chose. La vieillesse, j'y vais tout droit, à corps entier, à corps rebelle. Vous serez peut-être beau jusqu'au bout et moi sans doute pas, mais nous prenons le même chemin. Et d'ici là, je fais mienne la réponse de Tristan Bernard à Corneille :

Peut-être que je serai vieille,
Répond Marquise, cependant
J'ai vingt-six ans, mon vieux Corneille,
Et je t'emmerde en attendant.

ROMAN

Aujourd'hui, Paul est parti de bonne heure et Laura se lève avec un sentiment de vitalité paradoxal. Elle a pourtant lu tard dans la nuit en vue de l'importante réunion du matin, et s'est endormie, livre ouvert, sans éteindre la petite lampe de son portable qu'elle utilise pour la lecture quand Paul, épuisé de ses journées, réclame l'obscurité avant de s'effondrer. En manque de sommeil, elle aurait dû se réveiller sans entrain et engourdie. Mais non. Elle se sent forte des orteils au sommet du crâne. Elle enfile ses nouveaux *surippas*. Les sandales de couleur rouge, aux motifs feuillage et tiges, sont sans contrefort cette fois, façon mules brodées ; elle pourra les garder plus longtemps. Elle se dirige vers la salle de bains. En voyant son reflet dans la glace au-dessus du lavabo, elle se fige. Ce visage fin ne peut pas être le sien. Ces pommettes saillantes n'ont rien à voir avec ses joues charnues et enfantines. Cette mâchoire ovale et creuse, si près de l'os, ne rappelle en rien l'arrondi familier qui était la spécificité de Laura. Son teint même, qui paraissait voilé par une légère brume, a désormais un éclat presque translucide. Alors, très lentement, elle se tourne vers le miroir en pied.

Le reflet projeté n'a besoin d'aucune mesure : Laura a grandi dans la nuit. Beaucoup. De cinq centimètres au moins. Si ce n'est sept. Il ne reste rien de ses rondeurs. Elle fait glisser son kimono au sol pour s'observer mieux. Ses hanches, son ventre, qui gardaient leur surplus charmant jusque-là, sont dorénavant en harmonie parfaite avec sa taille fine et le commencement de ses cuisses qu'elle détaille en penchant la tête, comme on le fait parfois pour une œuvre. Ses genoux, ses mollets ont perdu de leur volupté pour gagner en gracilité. Ses pieds sont plus grands, certes, mais parfaitement proportionnés à leur prolongement et ils ne perdent rien de leur joliesse. Étrangement, le miroir, plus encore que sa beauté, reflète son âme. Douce, lucide, sagace, bienveillante. Forte. Il la contient et la protège. Bouclier de verre, de bronze et d'aluminium, cet objet qui la menaçait autrefois, qu'elle ne consultait que pour vérifier hâtivement sa bonne présentation, semble maintenant la soutenir et réverbérer au-delà d'elle, au monde peut-être, sa présence simple.

Il faut de longues minutes avant que Laura parvienne à s'extraire de la puissance et de l'anomalie de son reflet. De longues minutes encore avant qu'elle puisse raisonner : cette poussée de croissance nocturne sera évidemment remarquable par tous. Soit, ils sont prévenus, et la dénomination de sa maladie, « acromégalie orpheline », lui sert d'abri. Mais elle ne néglige pas le choc visuel et sensible que peut créer cette transformation rapide et décide, avant toute chose, d'aller consulter Paul immédiatement, sur son chantier, avant de se rendre au vignoble et à sa réunion. Elle a besoin qu'il la voie, qu'il lui parle, qu'il la rassure. Elle a besoin qu'il constate avec elle cette révolution.

Paul travaille ce matin à Couthures-sur-Garonne. À chaque inondation, le village résilient se reconstruit, et le site a tant de charme qu'il reste prisé de tous, et notamment des Parisiens qui le découvrent à la faveur du Festival du journalisme ou d'une visite curieuse à la plus grande crèche du monde fabriquée par un vieux rêveur autochtone. Paul et son équipe travaillent d'ailleurs à la salle à manger d'un journaliste de la capitale qui rafraîchit sa vieille bâtisse. Deux murs sont à restaurer et repeindre entièrement. Une radio de fortune diffuse *Foule sentimentale* alors que les grattoirs à enduit des ouvriers semblent battre le rythme. Rarement distrait de sa tâche, Paul tourne parfois la tête vers la fenêtre comme un plongeur en apnée remonte chercher son air. Et c'est dans ce mouvement réflexe qu'il remarque cette passante dans le silence du matin. Elle marche d'un pas vif, la tête en l'air, à la recherche d'un numéro de rue.

Ses cheveux mi-longs jaillissent de la capuche qui, malgré le temps sec, lui enserre le visage, comme si elle voulait ne pas être reconnue. Il la fixe et son cœur frappe. Presque jusqu'au vertige. Il ne voit pas bien qui elle est mais il le sent. Il ne peut plus faire le moindre geste. Il vérifie du regard que ses deux partenaires continuent leur ouvrage et ne perçoivent pas sa panique. Cette femme, longue, éfflanquée, maladroite, c'est la sienne.

Il en tremble.

— Tu t'es mesurée ?

Paul est sorti et a rejoint Laura avant qu'elle n'ouvre le grand portail de la demeure.

— 1 m 74.

— …

— …

— Viens.

Il la prend par le bras et l'entraîne dans un angle mort, près d'un figuier. Hors de la vue de ses comparses. Laura souffre de ce geste un peu brusque et demande :

— Tu as honte ?

— Non ! Non… Je devrais être fier mais… Tu es encore plus belle.

— Mais quoi ?

Paul est nerveux. Il touche son ventre, comme par réflexe. Il le gratte.

— Je n'en reviens pas. Je te reconnais pas.

— Moi non plus… Je… En fait… j'ai peur d'aller au travail. Ils sont gentils mais je ne sais pas comment faire, quoi leur dire. J'ai une réunion importante. Je me sens pas moi-même.

— Tu te sens comment ?

Laura sourit.

— Bien, mais pas moi-même. Un peu plus grande que moi-même. Un peu trop belle aussi.

Paul confirme d'un hochement de tête. Il se gratte à nouveau le ventre.

— Oui ! C'est vrai que ça te… Tu étais belle mais là, c'est comme… (Il semble réfléchir.)

— Qu'est-ce que je fais ?

— Vas-y, mais fais profil bas.

Ces mots tombent comme une évidence de la bouche de Paul. Il est sûr de lui depuis qu'il les a prononcés.

Mais les yeux de Laura sont vides. Le déclic ne se fait pas. Il reprend :

— Toi et moi on est pareils. On aime bien faire, être beaux, mais on n'aime pas susciter la jalousie des autres. Et c'est bien. Essaie d'arriver en avance. Assieds-toi, ça se verra moins si tu es assise. Fais ton travail. C'est ce que je crois.

Laura regarde Paul. Elle reconnaît son humilité. Sa pudeur. Sa confiance aussi, à laquelle elle se fie depuis toujours. Mais quelque chose est différent aujourd'hui, alors que le frimas laisse une traînée blanche dans la lumière matinale. Quelque chose qui rend son adhésion moins spontanée. Et soudain, elle comprend. Ils sont là, debout, face à face dans cette rue encore mouillée par la rosée et, pour la première fois de sa vie, elle est à sa hauteur. Elle le regarde dans les yeux sans avoir à les lever. Paul aussi est décontenancé par cette équité soudaine qu'il ne sait pas nommer mais le fait bafouiller :

— C'est… ce que je veux dire c'est… que c'est quand même pas habituel et il vaut mieux pas trop se faire remarquer.

— Mais ça va quand même, je ne suis pas… horrible ?

— Non ! C'est tout l'inverse…

Dans un élan brusque, pour rassurer sa femme, il pose ses mains sur son visage et l'embrasse. Mais la parité de taille le trouble à son tour et il est saisi par une impression insolite d'infidélité qui interrompt le baiser. Ils se scrutent. Laura aperçoit l'étincelle dans les yeux de Paul ; il est en train de comprendre, cette fois, d'où est venu son embarras. Comment va-t-il le prendre ? Paul, de son côté, perçoit l'émoi de son épouse. Alors, submergés par leur complicité, ils se mettent à rire. Ce sont d'abord de petits rires qui s'arrêtent et reprennent puis cela devient un grand éclat contagieux et timide, presque adolescent. La folie de ce qu'ils vivent les étourdit. Rien n'est normal depuis quelque temps. Il faut continuer d'en rire.

— Tu m'en fais voir quand même toi…

— Ben… je fais pas exprès crois-moi…

— Bon file… ne te mets pas en retard.

— Profil bas alors ?

— Oui. Ils le verront mais n'en fais pas plus qu'il n'en faut. Normal.

— Normal.

Et elle vole un dernier baiser à son époux. Ses lèvres sont à portée désormais. C'est si simple. Elle pense même « C'est pratique ! » Et ce qui l'inquiétait tout à l'heure l'amuse maintenant.

Laura court vers sa voiture et démarre. Paul a raison. Arriver en avance, s'asseoir, se lever les genoux légèrement pliés pour accueillir l'équipe. Faire la réunion puis se voûter un peu pour dissimuler les centimètres pris si vite, en une nuit. C'est la bonne décision. Rien ne sert d'embarrasser les autres pour rien. Quel intérêt.

Légère, la Kangoo déboule sur la route de campagne qui mène à Montius, longue ligne droite et monotone, bordée de champs, de serres. Quand un tracteur insolent déboule d'une sortie de ferme et se glisse juste devant elle, elle pile. Cela se joue à quelques centimètres et la conductrice pressée ne peut s'empêcher de klaxonner durablement, vite ralliée par deux véhicules coincés derrière elle et qui ont vu la scène. L'agriculteur répond au concert d'un doigt mal élevé et se met à rouler aussi vite que possible, mais bien trop lentement pour la jeune femme.

Elle passe de l'agitation à la résignation. Les klaxons superflus s'éteignent rapidement. Chacun doit rêvasser ou prévenir qui de droit. Ce sont des choses qui arrivent dans le coin. Laura ne sera pas en avance, mais en retard.

Quand elle franchit la porte de la salle de réunion, Laura constate que l'assemblée est aussi nombreuse que lorsqu'elle a été présentée la première fois et tous les yeux sont braqués sur elle. Seule Jeanne, accaparée par son portable, s'épargne de la regarder mais balance un « Si tu voulais faire une arrivée discrète, c'est raté ! » Elle jette un œil furtif vers Laura pour vérifier l'effet du brocard et revient à son Smartphone… puis à Laura. Bouche bée. Sourcils circonflexes. Laura a pourtant hâté le pas vers sa place, mais la distance à parcourir est trop longue pour ne pas être saisie en plein vol. La patronne a le cerveau en suspension. Une saillie lui arrive aux lèvres (« En voilà une qui a bien mangé sa soupe ») mais elle se souvient de l'ordre de discrétion intimé à son équipe lors de l'embauche de sa nouvelle collaboratrice. Et puis, elle constate la prestance soudaine que ces nouveaux centimètres donnent à son employée, et l'effet produit sur la troupe. Alors Jeanne, imperceptiblement, se redresse et se racle la gorge.

Plus que d'habitude, elle mène la réunion avec autorité et humour, mais ses boutades sont légèrement forcées, et les rires de l'assemblée aussi. Laura se tient bien droite. Elle ne parvient pas à se voûter comme le lui a conseillé Paul. Elle considère Pons, qui est assis à côté d'elle ; il ne se voûte pas, lui. Pourtant il mesure dix centimètres de plus qu'elle.

Quant à Fabien, plus encore que Patrick, il s'étale, sans douter un seul instant de ce corps solide.

Elle écoute. Elle attend son tour qui ne tarde pas à arriver car une partie de la réunion est consacrée à son travail.

— Bien, Laura va partager avec nous un digest de ses fiches. Vous pourrez ainsi tous appréhender notre façon de travailler pour les Japonais. Il nous paraît important que l'équipe soit familiarisée avec ce que nous faisons ; que ça ne tombe pas du ciel.

Laura ouvre le cahier devant elle. Sa main tremble un peu. Elle sent qu'on ne la regarde pas comme d'habitude mais, finalement, elle est la même que celle qui, hier soir, a pris toutes ces notes. Elle est la même sauf qu'on la voit davantage, mais qu'est-ce que cela change, dans le fond ? Elle se concentre sur les photocopies qu'elle fait passer et qui résument ses recherches de la veille. Une fois que chacun dispose du document, elle se lève, involontairement princière, sourit, et se lance :

C'est un festival de récits, de noms, de paysages. On entend Kawabata, Murata, Ogawa, Akutagawa. On croise un homme qui vole au-dessus de son village d'enfance et revoit les êtres, morts ou vivants, qui y habitaient. Une caissière de supérette, Keiko, marginale et décalée, qui rencontre Shihara, aussi marginal qu'elle ; ensemble ils vont jouer au couple pour s'intégrer à la société. On croise un homme qui, le jour où il apprend le suicide de son beau-frère, se sent suivi par un individu en manteau de pluie, fantôme peut-être, ou incarnation de sa propre mort, qui crée en lui une *vague inquiétude*. Une femme qui perd l'ouïe brutalement, juste après avoir été quittée par celui qu'elle aime. Un vieil acteur qui ne peut plus conduire et se fait transporter par une jeune femme qui lui sert de taxi. Un homme travesti assassiné à la moitié du récit. Deux anciens amants qui tombent l'un sur l'autre dans un train... On va à Tokyo ou sur le mont Fuji, à Osaka ou sur l'île d'Hokkaidō. On découvre des montagnes, des plages, des cascades, des geishas, des calligraphes.

Plus elle avance, plus elle constate que l'assemblée prend des notes, comprend l'intérêt de son travail, pressent comment l'utiliser. Alors, elle s'enthousiasme. Elle implique ses bras, qu'elle découvre si longs, son visage héliotrope s'adresse à chacun sans simagrée, elle prend appui sur la table ou se tourne vers le tableau ; elle sourit, elle fait rire. Jeanne est surprise, impressionnée aussi. Laura rayonne, sa beauté ne se cache plus ; sa voix s'est musclée, elle a moins besoin de la pousser pour être entendue, et on dirait que sa simplicité même se laisse contempler comme une poitrine nue qui ignore son pouvoir. Elle n'a pas fait « profil bas », mais qu'importe. Elle est allée au bout de son ouvrage.

À la fin de son exposé, il y a un silence et on pourrait croire que l'assemblée va applaudir, mais l'élan est avorté par la patronne qui intervient rapidement, à son habitude précipitée « Merci Laura pour cet excellent exposé. Précieux pour nous. » Puis elle se tourne vers le groupe et déclare que pour elle, il y a suffisamment de matière pour commencer à faire des textes, associer les vins à des champs lexicaux, des paysages, élaborer les premiers documents en vue de la venue des Tokyoïtes. Il faudra faire un compte rendu au service graphique aussi, car elle est sûre que tout cela les inspirera et elle veut qu'on imagine un étiquetage spécifique pour les Japonais. Peut-être imprimerons-nous d'ailleurs sur l'étiquette de chaque vin une phrase tirée d'un roman ? Est-ce que Pons et Barbier sont d'accord ? Ils acquiescent. Ils ont ce qu'il faut pour avancer. Pourtant, Pons a l'air légèrement dépité, péniblement résigné au succès de l'intervention de Laura dont la pertinence lui semble douteuse. Jeanne se fourvoie. Sa belle-mère aussi avait eu des « idées » pour le vignoble familial, il en rit encore. Barbier, lui, rectiligne, muscles bandés, semble de plus en plus convaincu au contraire. Et c'est pour cela qu'il a ce front guerrier, déterminé à reconquérir cette chose indéfinissable qu'il croit avoir perdue.

À l'issue de la réunion, alors que chacun se dirige vers la sortie pour rejoindre sa tâche, Jeanne retient Laura. Elle la félicite, c'était simple, vivant, intelligent, efficace. Laura remercie, excitée et fière. Elle dit à Jeanne qu'elle lui doit beaucoup. Elle se sent tellement bien ici, tellement à sa place. Consciente de son changement d'aspect physique du matin, elle ajoute habilement que tout ça lui fait presque oublier sa maladie. Jeanne taquine « Ta maladie te va très bien, tu sais ! Tu es carrément plus grande que moi maintenant. »

Laura ne sait comment recevoir ces mots. Elle choisit de ne pas les relever. Elle s'approche simplement de sa patronne et la prend dans ses bras. Décontenancée, Jeanne se laisse faire et finit par dire « Continue bien. »

Alors que son employée sort, Jeanne feint de s'occuper de ses notes, mais par en dessous, elle la scrute. Les fesses fines dont le muscle apparaît désormais, la taille en creux sensuel, le dos long et le cou dégagé à la Modigliani, si elle était un homme, elle baiserait Laura.

JOURNAL

« Tu écris en ce moment ? » Cette question, avant, on ne me la posait pas. J'allais discrètement et j'écrivais en douce. Mon premier roman, je l'ai accouché sans le dire à personne, je crois, et c'est seulement une fois achevé que j'ai fini par en parler. Cette période est passée. Maintenant, on m'interroge sur ce que j'écris et je suis à la fois nostalgique du temps des secrets et reconnaissante de l'intérêt du curieux. Mon ami O. m'a justement posé cette question hier, et j'ai répondu que non. Je n'écris pas encore. Je prends des notes au hasard, mais rien n'en sort pour l'instant. Je lui ai avoué que j'avais peur, non pas de la page blanche, mais du *white blood*. C'est ainsi que j'appelle ce temps où le cœur n'est plus rouge, où la main n'a plus l'influx nécessaire pour écrire. Ce temps où il manque l'impulsion mystérieuse et dans lequel je suis comme une âme perdue dans un désert muet, sous un ciel vide. Je lui ai relaté l'échange avec Makine et sa suggestion d'écrire sur la vieillesse, que j'ai écartée ; l'anecdote l'a amusé. Puis il m'a demandé « C'est toi qui l'as abordé alors ? Makine, finalement, c'est toi qui l'as abordé ? » J'ai reconnu que oui. « Pourquoi ? Tu savais que c'était risqué, non ? » « Je ne sais pas bien, je ne sais pas, c'est vrai… Je voulais… qu'il m'entende lui parler de son livre peut-être ? » On a souri.

J'ai toujours eu des intrépidités gamines. À 20 ans j'ai écrit une lettre à un garçon aperçu juste une fois dans une fête – à l'adresse de cette fête – pour lui avouer qu'il me plaisait et que j'avais envie de le revoir. À 22 ans, j'ai attendu par amour et des heures durant F., « l'homme slave », devant sa porte. À 24, j'ai envoyé des fleurs plusieurs jours d'affilée à un amoureux qui ne voulait plus de moi. Plus tard, j'ai abordé des artistes pour leur dire que je les admirais, et même, parfois, pour leur demander leur contact, leur révéler que je voulais leur proposer un rôle dans une pièce ou que sais-je. Mais c'est de plus en plus rare. Ma vie est de plus en plus cadrée et contenue. Mon âge, sans doute, celui-là même évoqué par l'écrivain, retient mes audaces.

Quand, il y a longtemps, je donnais des cours d'interprétation et que de jeunes chanteuses s'attaquaient à *Ziggy*, le titre tiré de la comédie musicale *Starmania*, j'attirais leur attention sur le texte, qu'elles avaient tendance à interpréter avec trop de romantisme à mon goût, se laissant agripper par la mélodie langoureuse. Cela disait pourtant : « *La première fois que je l'ai vu / J'me suis j'tée sur lui dans la rue / J'lui ai seul'ment dit / Que j'avais envie de lui…* » On pouvait être impressionnées, quand même, par celle qui osait ça, aborder un homme « dans la rue », pour lui annoncer, de surcroît, qu'elle avait « envie de lui ». Aborder un inconnu, je ne l'ai jamais fait. En revanche, vivant dans une grande ville, j'ai souvent expérimenté l'inverse. Longtemps habillée en jean et pull trop large, je n'ose pas imaginer combien mes amies sexy ont dû subir d'assauts. Ou d'agressions. De mon côté, le plus terrible qui me soit arrivé est d'avoir été suivie jusqu'à mon immeuble, à 20 ans, par un homme visiblement drogué. Il était tard, je rentrais chez moi. J'ai pu, en luttant, refermer la porte à code *in extremis* sur lui. J'y repense souvent avec un frisson rétrospectif. Le pire aurait pu m'arriver. Le pire arrive parfois.

Mais, mis à part cet incident, je n'ai pas de souvenir de violence ou d'indélicatesse. Souvent abordée pour un simple compliment, une boutade, ou bien sûr pour aller « boire un verre » je ne l'ai jamais pris comme une offense. Je déclinais la proposition, ou souriais au boniment et poursuivais ma route. Est-ce parce que j'ai appris le travail de la scène, du chant, qui impliquent autant la chair que l'esprit, est-ce parce que j'ai lu adolescente Anaïs Nin et Bukowski, j'ai très tôt admis que nous étions aussi des corps et que nous nous faisions de l'effet. Pas seulement quand on se déshabille, aussi quand on se regarde, quand on se croise. On devrait pouvoir se le dire sans basculer dans les insultes machistes et propriétaires, les intrusions malsaines, souvent observées. « Toute politesse exagérée devient une impolitesse », dit un proverbe japonais. On devrait pouvoir contenir la sauvagerie tout en préservant le flirt improvisé des passants. Le trouble. La possibilité du désir.

ROMAN

Laura ne s'est jamais sentie aussi épanouie mais sa taille, cette différence effrontée qui dorénavant saute aux yeux, l'indispose. Alors, elle raréfie ses déplacements. Depuis que Mélodie l'a harcelée de questions et confondue sur cette maladie « qu'on ne trouve nulle part », elle ne se rend plus au club d'œnologie ni même aux dégustations que les camarades organisent. Elle répond aux appels téléphoniques par des textos, arguant qu'elle est débordée de travail. Ce moyen de communication lui permet d'avoir de leurs nouvelles et d'en donner, tout en contournant les interpellations embarrassantes. Elle conduit de la maison au domaine, ne fait ses courses qu'à la périphérie de la ville, dans des grandes surfaces pour éviter les visages connus quand elle les aperçoit, changer de travée, se dissimuler derrière le rideau de sa chevelure qui a poussé et qu'elle laisse à présent presque toujours détachée. Elle ne se rend plus du tout à la médiathèque depuis que Nadja lui a promis de la mettre en lien avec un grand professeur de médecine à Bordeaux qu'elle connaît personnellement et qui pourrait l'aider. Elle commande ses livres à la libraire de la ville par téléphone et se fait livrer à domicile, quitte à payer un peu plus cher. Sa passion ne parvient plus à rester discrète. Depuis ses nouvelles fonctions, les livres s'accumulent et Paul accepte mal de voir traîner en piles les bouquins attrape-poussière que sa femme affectionne tant. Il comprend que Laura ait besoin de documents, et il comprend aussi son refus de se rendre en médiathèque, mais le fait est que les livres s'entassent en monticules au pied du canapé, sur le secrétaire japonisant du salon, dans les toilettes, sans parler des tables de nuit ou de la commode en bois de manguier, créant de petites tours de papier ultra-citadines, au point que Laura a reconnu un jour : « On dirait Tokyo en miniature ». C'est ce jour-là d'ailleurs que Paul est sorti de ses gonds de façon si véhémente qu'elle en a été tétanisée. Un éclat de voix inhabituel ponctué de « Il n'y a plus un centimètre de disponible sur nos étagères, tu attends qu'elles s'écroulent ? » « Il va me rester de l'espace ? » « Non seulement tu grandis mais en plus tu te répands ! » Ces mots ont tant chaviré la jeune femme qu'elle s'est retirée dans la chambre. Un sanglot trop longtemps retenu a jailli de ses yeux. Une tristesse, presque une asphyxie. Encore secouée, elle a appelé Mathias. Son frère. Son refuge d'adolescente. Elle l'appelle moins depuis son problème de croissance.

Elle n'a pas envie de l'alarmer et le peu qu'elle lui a dit jusque-là a créé en lui tant d'incrédulité qu'elle ne l'informe plus. Mais ce jour-là, elle a eu besoin de son écoute. Il a décroché, a accueilli son récit et fini par juger l'incident « anodin » et ne méritant pas toute cette désolation. « Paul a bien le droit de déborder parfois. Ses mots ont dû excéder sa pensée. En plus, tu bosses plus pour lui, ça doit un peu le perturber, non ? Comment ça se passe, d'ailleurs, avec ta remplaçante ? » Laura a répondu qu'elle avait l'air très bien. Elles se sont parlé plusieurs fois au téléphone au début, au moment du passage de relais, mais elle ne l'a jamais rencontrée. « Elle bosse de chez elle, elle habite à Meilhan, elle a un petit accent anglais », « Si ça se trouve, il ne te dit pas qu'elle fait que des conneries et il t'en veut ! Elle boit, elle se drogue, elle est hypocondriaque ! Et c'est toi qui payes ! » Ils ont ri. Laura s'est calmée au son de la voix fraternelle. Avant de raccrocher, elle a fait une allusion à sa morphologie transformée qui la rend sans doute plus susceptible. Et elle a ajouté que ça lui fera un choc à lui aussi quand il la verra. Parce que c'est vraiment très frappant maintenant. Mais elle n'a pas eu le courage de préciser qu'elle avoisinait 1 m 80, car Mathias, tout à son déni, semblait ne pas entendre.

Plus tard, Paul, sensible et intuitif, a culpabilisé et regretté son emportement. La période est si étrange. Non seulement il ne reconnaît plus Laura mais il ne se reconnaît plus. S'estimant fautif, il a décidé de prendre les choses en main. Il s'est occupé de tout. Comme il n'a pas le temps d'en fabriquer une, il a dégoté sur un site d'occasions une belle bibliothèque à un prix très abordable et qui ira très bien dans le couloir large de l'entrée aux murs rose magenta. Laura pourra y ranger ses exemplaires à sa guise, par ordre alphabétique, par taille, par sujet ! Comme il lui plaira. L'idée séduit Laura qui imagine tous ces livres dans le couloir, cortège d'âmes qui accompagnera le visiteur jusqu'au salon.

Le vendeur est libre mardi à 11 heures. Paul travaille sur un chantier mais le vendeur s'engage à charger la bibliothèque dans la Kangoo. Laura n'aura rien à porter. Paul, qui s'improvise médecin, ne veut pas soumettre les articulations de son épouse à un effort qui éveillerait des douleurs. Laura a obtempéré. Attendrie.

C'est une cité blanche aux immeubles bas, située à la sortie de la ville. De l'extrême monotonie des murs percent des balcons en métal rouge, alternance de losanges asymétriques et de cercles. À croire qu'un architecte fatigué s'est amusé un soir d'alcool. Les bâtiments, dont chaque entrée est parée d'une couleur – violet, rouge, jaune –, ceinturent un grand espace gazonneux et sans arbre. Difficile d'arriver discrètement dans cet enclos d'où le moindre véhicule peut être vu de n'importe quelle fenêtre. Mais cela ne préoccupe pas Laura qui ne connaît personne ici ; pas de risque donc d'être identifiée ou questionnée.

Le vendeur, un Nord-Africain à l'accent du Sud-Ouest, aux yeux rieurs, aux rides profondes, charge la bibliothèque en kit en promettant l'extrême simplicité du montage. Il refuse outré l'aide de Laura, comme si rompre la promesse faite à son mari de ne pas la laisser porter était parjure. « Une femme ne fait pas ce genre de chose », dit l'homme, non sans ajouter « même si aujourd'hui tout change ». Il dit « Salam » lorsque Laura lui tend l'argent en liquide préparé par Paul. Il refuse de recompter, il a confiance. Il ferme avec Laura la porte de la Kangoo et reste sur le bord du trottoir jusqu'à ce que la jeune femme ait redémarré. Tout s'est bien passé. La bibliothèque, constituée d'épaisses planches de bois de chêne et d'un cadre en acier brun, a l'air jolie. Le mariage des matières, simple, devrait se fondre élégamment dans le rose des murs. Le bon goût de Paul a encore frappé. Laura roule doucement dans la cité et sursaute quand elle entend « Laura ! Laura ! »

C'est Eliezer qui tambourine à la vitre ! Apparemment, il a couru. Il court encore pour accompagner la voiture toujours au pas. Laura hésite puis ralentit et immobilise le véhicule. Eliezer sourit largement tout en lui faisant signe d'ouvrir la fenêtre, ce que la jeune femme finit par faire à contrecœur.

— Ça va ?
— Oui… Bonjour… Eliezer…

— Ben oui… J'habite là. Je vous ai vue tout à l'heure de ma fenêtre ! avec Mehdi… La bibliothèque… J'ai… J'ai d'abord pensé que c'était pas vous, j'avoue et puis… Je me suis dit, ben si… C'est elle.

— …

— …

— … J'ai… j'ai une maladie.

— Ah c'est ça…

— Je grandis…

— Dingue… C'est possible ça ?

— J'en parle pas…

— Ok, ok, pas de souci ! Je… je peux monter avec vous ? Vous allez dans le centre ?

— Non je rentre chez moi mais…

— Parce que je dois faire un reportage à la galerie Marlène Varois sous les arcades… Là où on a fait les photos. Elle a une superbe expo en ce moment. Flemme de prendre le bus.

Laura remarque qu'il est effectivement chargé de son caisson pour matériel photo, et ça paraît plutôt lourd.

— Je vous dépose.

Eliezer sourit si largement pour la remercier que Laura sourit à son tour.

— C'est cool. Merci.

Et il fait le tour de la voiture, monte à la place passager, cale son caisson sous ses pieds, attache sa ceinture, ouvre la fenêtre, et dit :

— C'est bien vous alors… Dingue…

À marche lente, la Kangoo sort de la cité. Eliezer, pourtant de nature volubile, est silencieux. Il semble se débattre entre délicatesse et curiosité. Laura s'engouffre dans l'opportunité d'ouvrir un autre sujet de conversation qu'elle-même et enfile les questions : « Vous vivez là depuis longtemps ? Vous habitez chez vos parents ? Vous vous plaisez ici ? »

Eliezer sourit. C'est elle qui devrait bosser dans un journal ! Il est badin quand il dit ça, mais il finit par ajouter que ça lui va. Il aime bien les questions. On lui en pose peu finalement. À part la première peut-être à laquelle il répond souvent de façon incomplète. Ou bien il ment.

— Ah bon, pourquoi ?

— Parce que c'est compliqué.

— …

— La plupart des gens de la cité, comme Mehdi, ce sont des ouvriers agricoles venus du Maroc, presque tous du même village !

— Ah bon ?

— Mais moi non. Je suis nigérian. Je suis arrivé avec mes parents, j'avais 3 ans.

— Vous êtes un migrant ?

— Pas n'importe quel migrant… une sorte particulière de migrant. Nous sommes… igbos.

— …

— Juifs nigérians.

Laura s'étonne. Elle ne s'est jamais vraiment intéressée aux cultures des uns et des autres, mais la juxtaposition de ces deux mots, pourtant, lui semble incongrue.

— Vous êtes juif ? Ça existe les juifs noirs ?

— Oui.

Eliezer a cette curieuse fierté, fréquente à son âge, de celui qui annonce sa singularité culturelle comme s'il y était pour quelque chose.

— Vous voulez que je vous explique ?

Laura acquiesce.

La voiture progresse sur les larges avenues industrielles de la périphérie et Eliezer raconte. Les juifs *Ibos bnei Israël* sont des membres de l'ethnie Igbos du Nigeria. Certains affirment qu'ils sont venus voilà mille cinq cents ans d'Israël, d'Égypte ou d'Afrique du Nord. D'autres certifient qu'ils sont issus des tribus perdues d'Israël. Les Gad, les Zabulon, les Manassé. La tradition orale est très forte et sa grand-mère a toujours affirmé, elle, que ses ancêtres étaient descendants des *cohanim*, les prêtres juifs du temple de Jérusalem. Il aime bien cette idée-là. D'ailleurs il s'appelle : Eliezer Ilona. Ilona signifie « Dieu est Yahvé ». Eliezer également. Il porte un nom qui dit deux fois la même chose !

Laura avoue qu'elle ne connaît pas de juifs « Vous êtes le premier que je rencontre. Il n'y en a pas à Marmande, j'ai l'impression... » Eliezer sourit : si, quelques-uns. Il y a une petite synagogue à Agen pour les quelques juifs du Lot-et-Garonne. Au Nigeria il y a 40 000 juifs igbos et quelques juifs

Yoruba. Lui, il était d'Abuja et ses parents allaient à la synagogue de Gihon.

La jeune femme se laisse emporter par ces sonorités qui évoquent la terre ocre et le soleil haut mais si peu les juifs, comme elle en a vu à la télé, avec leur chapeau noir et leurs papillotes sur les oreilles.

— Vous êtes croyante ?

— Non. Et vous ?

— Oui.

Eliezer dit qu'il pratique discrètement sa religion : il ne mange pas de cochon, sépare la viande du lait, respecte les fêtes principales du judaïsme. Ça le cadre.

Il la fixe et se tait à nouveau, réveillant la nervosité de sa conductrice. La confidence est terminée et elle sent que les lèvres du jeune homme brûlent de questions sur sa santé et sa nouvelle apparence. Heureusement, le centre de Marmande n'est pas loin, la circulation est fluide. Mais il reste quelques centaines de mètres à occuper, alors elle le remercie pour ses photos et pour l'article. Ça lui a permis de dégoter un nouveau travail, plus proche de ce qui la passionne. Elle s'y épanouit vraiment. Eliezer semble si sincèrement heureux pour elle qu'elle en rougit. Ça en impose, les gens qui sont « spécialistes » de quelque chose, comme elle. Lui, il voudrait plus que tout gagner correctement sa vie avec la photo. Pour l'instant, cela reste précaire, il trime, beaucoup, mais il a bon espoir d'être un jour « artiste photographe ».

Il vit dans un T1 dans la cité, ses parents et ses frères résident deux blocs plus loin. Il les aide quand il peut. Il commence à être autonome. « Et vous aussi ! » lance-t-il avec malice. Laura rétorque que ce n'est pas parce qu'elle travaillait dans l'entreprise de son mari qu'elle n'était pas autonome. On n'est plus au XXe siècle.

Quand elle arrive sur la place, Laura met les warnings devant la médiathèque. Eliezer tarde à descendre alors elle lui lance « Ce sera 10 euros s'il vous plaît. » Il sourit, ouvre la portière et juste avant de sortir il ose « Vous étiez déjà jolie, mais là, vous êtes… impressionnante. »

Et il claque la porte, laissant sa conductrice avec ce mot déposé, inattendu, jamais prononcé pour elle. Elle pourrait le héler pour lui balancer un « De quoi je me mêle » frondeur, mais ce n'est pas sa nature. Elle sait bien que son corps, tous les corps, ne sont pas sans effet. Et sa carcasse d'aujourd'hui plus encore que celle d'autrefois. Eliezer est photographe, il la regarde, il le formule. Elle ne le blâme pas. Quel est ce vertige, alors, qui la saisit ? Il ressemble à celui ressenti le jour où elle avait réuni toutes ses chaussures autour d'elle, encore pleine de la visite de Takumi Kondo, et du changement qu'elle commençait à observer. La peur d'une puissance à venir. La peur de quelque chose qui pourrait altérer le regard des autres aussi. Leur sentiment. Une puissance à portée. Et dont elle ne sait pas quoi faire.

Alors qu'elle monte vers Beaupuy, elle jette un œil dans le rétroviseur. La ville se répand dans le miroir rectangulaire. La peur se densifie encore. « Impressionnante ». « Jolie ». « Spécialiste ». Chaque mot est une flèche cocaïnée. Une ivresse et une douleur.

JOURNAL

Avec le temps, j'ai fini par scinder les spécialistes de l'accostage en deux catégories : les séducteurs et les anges.

Les séducteurs, ce sont ces hommes qui vous abordent avec le but avoué de la conquête. Quelquefois on devine sans difficulté leur misère affective et sexuelle, mais d'autres fois, la proposition est flatteuse. Une fois seulement, j'avais 22 ans, j'ai accepté de boire un verre avec un jeune homme blond, éphèbe poétique, justement après que F., dans la première partie de notre histoire, m'avait malmenée et trahie. Je marchais au hasard dans Paris, désespérée, lunettes de soleil sur les yeux pour cacher mes larmes. Aimanté par la nuit, le jour se débattait encore. Et dans cette heure bleue, embrumée par le verre teinté de mes lunettes, un jeune homme blond diaphane et dégingandé était apparu à quelques mètres de moi, adossé à une voiture. Très simplement il m'avait proposé de boire un verre car « ça n'a pas l'air d'aller, vous... » et j'avais cédé. Autour d'un bon vin, je m'étais confiée, il m'avait tranquillisée, rassurée, en connaisseur. Comme il était tard, il m'avait accompagnée jusqu'au bus de nuit. Je ne l'ai jamais revu. Je n'ai jamais su le classer dans les séducteurs ou les anges.

Les séducteurs éconduits insistent parfois, lourdingues, m'imposant de réitérer mon refus, mais ils finissent par ravaler leur dépit et me laissent m'éloigner. Certes, en vieillissant, le phénomène s'est émoussé. Il n'a jamais cessé complètement. Il n'y a pas si longtemps (cinq ou six ans, disons) je marchais dans Bruxelles et un cycliste élégant d'une quarantaine d'années s'est arrêté pour m'aborder. Le regard doux et malicieux, il voulait mon numéro de téléphone. J'ai refusé, bien sûr, il m'a dit « Vraiment, vous ne voulez pas ? » Je lui reconnaissais de l'audace d'interrompre sa course, ainsi, pour aborder une femme. Cela m'étonnait. Mais j'ai souri que « Vraiment, non... », même si je me disais que, célibataire, je n'aurais sans doute pas refusé l'invitation et j'aurais poussé la curiosité vers la table d'un bar. Il est remonté sur son vélo et a repris sa route.

Il y a un an à peine, aussi, dans mon quartier de banlieue, alors que je marchais dans la rue principale, un très jeune homme, 25 ans environ, m'a abordée pour me déclarer qu'il aimerait bien boire un verre avec moi. S'il vous plaît madame. Ça me ferait plaisir. J'étais un peu interloquée parce qu'il était évident qu'il trouverait mieux que moi, tout de même ! Il était d'une grande beauté. Peau brune, iris bleus, je dirais sans doute Kabyle ou Turc, avec des yeux si bien dessinés que sa mère avait dû les peindre à l'eyeliner. Une beauté troublante, donc, comme il est assez rare d'en croiser. Je lui ai dit « Non, c'est très gentil, mais non… » et j'ai lambiné parce que j'avais envie d'ajouter « Mais vous êtes extrêmement beau ».

Je ne l'ai pas fait. Très vite, j'ai envisagé les répercussions possibles de cette phrase. Il allait penser que c'était une avance et ne me lâcherait plus ; il allait croire que je disais non mais que je pensais oui. Je ne voulais pas m'encombrer de ce risque. J'ai donc poursuivi mon chemin avec mon compliment au bord des lèvres, et le regret réel de ne pas l'avoir prononcé.

Ando Hiroyuki, patron japonais de la société d'importation Nippon Wain, est un beau quadragénaire, incisif et tonique. Il est venu en délégation et tout Montius est en effervescence. Après leur avoir fait visiter le domaine, en insistant sur les vignes et la cuverie (Fabien brille aux dépens de Castenac qui le prend avec indifférence et philosophie), Jeanne les invite à se diriger vers la partie ancienne de la propriété où aura lieu leur grande réunion. Elle a demandé qu'on aménage « la salle de bal », grande pièce au charme poussiéreux et désuet, mais dont les murs en pigment écaillé par le temps sont devenus copurchic. Elle est agrémentée de vieux tonneaux fermés sur lesquels sont exposés les bouteilles et les verres qui serviront à la dégustation de fin de séance. Une estrade en Plexiglas rouge, un écran, des tables en bois de chêne et des chaises larges en plastique et coussinets verts ont été installés. Modernité et tradition font l'oxymore visuel du lieu. Une odeur discrète de vin semble exhaler des murs et réchauffe une atmosphère pourtant déjà estivale.

Laura mesure 1 m 83 et sa présence longiligne se remarque. Les derniers centimètres ont poussé en trois nuits par saccades discrètes. Elle a mis un jean et un pull fluide et large mais dorénavant tout lui va, ou presque, et elle ne parvient pas à s'effacer comme elle pouvait le faire auparavant. L'assistante de Pons et les stagiaires ont distribué le fascicule sur papier glacé aux illustrations finement choisies et aux textes rédigés sur la base des recherches de Laura. Cette dernière est fière de cet objet dans lequel elle a sa part. Elle le manipule avec excitation et enthousiasme.

Jeanne prend les rênes de la réunion avec force humour et fraîcheur. Les Tokyoïtes rient volontiers. Très visiblement, les échanges préalables, les documents envoyés, le travail de toute l'équipe ont payé. Chacun prend la parole, on évoque même déjà les aspects logistiques de cette éventuelle collaboration (stockage, transport, commercialisation). Jeanne a réservé l'intervention de Laura pour la fin. Plus ludique et poétique, originale, elle accompagnera la dégustation et devrait porter l'estocade. L'écran et l'ordinateur lui permettront de dérouler en grand les textes et images, fruit de son travail et de celui de Pons et Barbier, lequel a finalement pris à cœur l'exercice et s'y est pleinement investi.

Après deux heures de concentration et d'échange, le tour de Laura arrive enfin. Elle se déplie pour s'installer face au groupe. Ses cheveux en chignon révèlent la délicatesse de son cou. Il se dégage d'elle une sérénité et une force dont sa gracilité s'excuse presque. De sa silhouette anguleuse, altière et tranchante, émane une sensualité imprévue. Sa voix est timbrée et sûre. Son regard bleu contracte une acuité qui transperce ce visage désormais émacié. Sa rondeur d'autrefois semble si lointaine qu'on dirait l'enfance.

« Nous allons goûter les vins, et Jeanne m'a chargée de vous les commenter en les associant à un texte, que je vous lirai pendant la dégustation. » L'attention de la délégation est intense et amusée. Le jeu semble leur plaire. Des sommeliers élégants s'épandent dans la salle de réunion, s'emparent des bouteilles déposées sur les tonneaux et remplissent les verres qui se teintent d'un grenat engageant. Laura continue. Elle lit bien. Voix limpide, débit lent, douceur, modestie de l'interprétation.

Pour le Dansefou, leur vin le plus cher, elle a choisi Osamu Dazai. « *Ainsi qu'on nous l'a très bien raconté, notre vénérable savant possède une personnalité noble, un cœur débordant d'espoirs sublimes. Mais ces hommes au tempérament élevé sont toujours harcelés par l'adversité. Il y a là une loi qui se vérifie constamment. Ainsi, notre professeur a du mal avec l'humanité ordinaire. Ses voisins le considèrent comme un être bizarre, extravagant, et bien entendu, il se sent très esseulé. Cette nuit-là, en particulier, quand il sort faire une promenade, sa canne à la main, dans les rues de Shinjuku…* »

Pour le Milan noir, vin complexe, aux arômes tilleul et badiane, c'est *La Piscine* de Yôko Ogawa qui accompagne. « *Je voulais penser tranquillement à Jun dans le vent de la nuit ; évidemment j'étais encore venue à la piscine. Elle m'attirait encore plus quand j'avais auparavant goûté à la cruauté jusqu'à satiété. Il me semblait que la réverbération des vaguelettes sur le plafond vitré, l'odeur de propre et plus encore le corps de Jun me purifiait de toute méchanceté. Je voulais être aussi pure que lui, même si cela ne devait pas durer.* »

Pour le Jolimont, vin au bouquet délicat qui évoque une corbeille de fruits frais et dont la structure tannique appelle la garde, elle choisit Kawabata et son *Pays de neige* : « *Vers les dix heures peut-être, ce même soir, la jeune geisha avait appelé Shimamura en lançant son nom à pleine voix dans le couloir. L'instant d'après, elle venait s'installer dans sa chambre, chavirant comme si elle avait été poussée. D'un geste aveugle elle bouscula tout ce qui se trouvait devant lui. Elle se remplit un verre d'eau qu'elle but à grandes gorgées. Il lui avait fallu sortir, dit-elle, pour tenir compagnie à quelques excursionnistes redescendus, ce soir-là, de la montagne : des relations de l'hiver précédent pendant la saison de ski.* »

Laura enchaîne les extraits, les images défilent sur le grand écran : la vigne qui s'étage sur les coteaux au milieu des cultures céréalières et des prairies, les terrasses alluviales sur la rive gauche de la Garonne, les pentes douces des coteaux molassiques, les îlots de vignes éparpillés sur les collines boisées. En alternance, les visages des écrivains japonais choisis, les illustrations de leurs écrits se fondent avec des diapositives animées des mots lus par Laura. On déguste chaque vin avec gourmandise et sensation d'être privilégié. C'est un feu d'artifice sensoriel et subtil. Si on se parle, on chuchote, mais on se parle peu. On écoute, bercé par les puissantes évocations des fragments sélectionnés par la jeune femme.

Quand elle finit, les applaudissements fusent cette fois. La joie et l'ivresse ont gagné les esprits. Jeanne est aux anges. La convivialité et l'exigence ont teinté toute la rencontre. Le pari semble réussi.

Pour preuve, dès la fin des applaudissements, Ando Hiroyuki, le président de la délégation, se précipite sur la patronne et la félicite. Toute son équipe l'a impressionné, vraiment. Mais il a particulièrement apprécié l'intervention de Laura, très originale, et très efficace. Jeanne confirme : elle est très fière de sa dernière prise, repérée grâce à un article dans le journal local. Elle précise que c'est une partie de son métier, aussi, de rester aux aguets, d'avoir de l'imagination. Hiroyuki confirme : Jeanne a eu là une très belle intuition. Il la questionne sur les études de Laura, sur son profil. Jeanne répond de bonne grâce, mais évoque aussi ses « hommes », Patrick et Fabien surtout, sans qui cette séance n'aurait pas pu avoir lieu. Hiroyuki n'a pas le temps de conforter son interlocutrice. Il vient de voir que celle qui le fascine tant est enfin disponible. Il s'excuse et se hâte vers elle.

Il s'incline. Complimente. La jeune femme est émue par l'approche délicate du Japonais, la finesse de ses termes. Il ose : est-ce vrai que Kondo en personne a parlé d'elle à la radio ? Laura acquiesce, rougissante. Hiroyuki s'en amuse et, décidément sous le charme, finit par lui demander si elle est libre pour dîner à ses côtés et lui faire goûter les spécialités de la région. En toute courtoisie. Fabien Barbier, dont les oreilles traînent, attend la réponse négative et polie de Laura avant de s'éloigner. Il rejoint Jeanne et l'un des jeunes stagiaires, qui lèvent leur verre pour l'accueillir. Sans se formaliser de l'absence de Laura ni de celle de Patrick occupé plus loin par une déléguée japonaise, ils trinquent et boivent à leur succès, heureux et triomphants.

Laura s'en moque. Ils auront bien le temps de célébrer tous les quatre plus tard. Elle virevolte. Elle profite.

Elle a envie de danser. Elle a envie de marcher sur un câble entre deux buildings pour justifier son étourdissement. Elle passe d'un interlocuteur à l'autre. Elle apprend de nouveaux gestes : la main dans les cheveux. L'appui jambe droite avec les premières phalanges dans les poches du pantalon. La discrétion insolente pour compenser le corps visible. Elle est loin, très loin, d'être dans la provocation.

Elle est dans l'éveil. Les lignes bougent quand elle est là. Juste là. Sans doute s'y habituera-t-elle, mais cette découverte presque impudique lui échappe pour l'instant. Elle n'a aucun contrôle sur la flammèche dans ses yeux fébriles ni sur son sourire qui s'étend telle une faille un jour de tremblement de terre.

Le soir, quand elle rentre, Laura chantonne lorsqu'elle appelle « Paul ! C'est moi ! » Elle chaloupe, jette sa veste sur le portant de l'entrée, et fait le clown quand elle s'écroule sur le canapé du salon « Paul !? »

Et comme son époux ne répond pas, par réflexe, elle regarde alentour pour recenser les signes de son absence ou de sa présence : les clés, la télécommande, le téléphone, tous ces indices rituels. Il devrait être là à cette heure.

Elle finit par remarquer une enveloppe, déposée sur la table basse ; son prénom est inscrit dessus : *Laura*. Elle la saisit et frissonne immédiatement. Paul n'écrit pas. Il ne laisse pas de mot sur les tables. Quand Paul n'est pas là, il téléphone pour prévenir. Elle ouvre et lit :

Je ne vais pas rentrer ce soir. Peut-être pas demain non plus. Ne m'en veux pas. C'est trop dur.

J'ai rencontré quelqu'un.

JOURNAL

Si l'on faisait une loi pour interdire aux hommes d'aborder les femmes qu'ils ne connaissent pas, je ne rencontrerais plus d'anges.

Je suis cartésienne, j'aime le réel et le regarder en face, je noircis mes carnets de vivisection des faits. Ahah – comme disent les SMS quand ils ne veulent pas utiliser d'emoticônes – il n'empêche. Il faut bien que je dépose un jour mes anges quelque part.

J'ai vécu à plusieurs reprises des rencontres troublantes avec des hommes inconnus que j'ai fini par appeler mes anges. Le plus souvent, ces hommes sont si marginaux d'apparence que je ne les associe pas à un corps sexué. Ce sont des clochards, des SDF, des errants. Souvent, mais pas toujours. Ainsi, le premier dont je me souvienne était de style assez classique. J'avais 15 ou 16 ans. C'était à Montauban, la ville où j'ai grandi. Alors que je rentrais du lycée à pied, de mon pas déterminé d'adolescente renfrognée, une 4L verte s'était arrêtée quelques mètres devant moi.

Un homme en était descendu. Il avait un physique début XXe, comme sorti des livres que je lisais passionnément à l'époque. Une sorte de Pierre Curie, ou de Sigmund Freud peut-être. Barbe courte et blanche, longiligne, visage doux, vêtement neutre sans doute, car je ne m'en souviens pas. Il s'était dirigé vers moi et, courtois, m'avait interpellée. Il ne fallait pas que j'aie peur, il voulait juste me donner une feuille d'arbre séchée qu'il tenait du bout des doigts. Comme je marquais un temps de surprise il avait insisté « Je vous la donne. Gardez-la. Elle va vous porter bonheur. » J'avais pris la feuille et remercié l'homme. Satisfait, il était remonté dans sa voiture qui était vite devenue un petit point vert dans la côte de l'Ermitage.

Cette rencontre éclair m'a suffisamment marquée puisque je la recense aujourd'hui – il faut dire que j'ai gardé très longtemps cette feuille que je passais d'un carnet à l'autre jusqu'à ce qu'elle finisse par se déliter – mais sur le moment, elle m'avait paru presque naturelle : toutes les lycéennes devaient voir un jour un homme descendre d'une voiture pour leur offrir une feuille d'arbre séchée.

Une autre fois, j'avais une trentaine d'années, j'attendais une amie dans un bar. J'étais arrivée en avance et je prenais des notes. J'écrivais mes incertitudes professionnelles : évoluant dans le métier précaire de l'art et particulièrement du théâtre à l'époque, je commençais à m'inquiéter de la viabilité financière du secteur dans lequel je tentais de me développer. À deux tables de moi, un homme blanc à cheveux longs, gris et hirsutes baragouinait tout seul. Il finit par se lever et s'approcher. « Je peux vous parler ?

— Heu... pas longtemps parce que j'attends quelqu'un.

— Non. Pas longtemps. Mademoiselle. Pas longtemps. Je veux juste vous dire que le théâtre demande du temps, vous savez. Il faut du temps pour écrire. Du temps pour être joué. Du temps même pour maîtriser son art. »

Il a parlé cinq minutes sans s'arrêter (souvent, les anges sont logorrhéiques), insistant sur l'importance de se consacrer à ce que l'on fait, de ne pas charger son art des contraintes contingentes, ce qui représentait un piège à ses yeux. « Rien ne vous empêche d'écrire quelques commandes pour le roi », avait-il dit comme si j'étais autrice à la cour, « Vous apprendrez toujours ! » Mais il ne fallait pas confondre la gamme et l'œuvre. « Gardez toujours une place pour l'œuvre. » Il avait évoqué les critiques aussi, ce que j'avais jugé flatteur car je n'en étais pas là. « Quand ils ne viennent pas, on les réclame. Quand ils viennent, on les agonit. Trouvez votre équilibre. C'est la comédie humaine. » Cela correspondait tant, dans l'ensemble, aux questions que je venais d'inscrire sur mon carnet que j'en fus très troublée. Cet homme était-il un vieil artiste déchu ? Comment savait-il que j'évoluais dans le monde du théâtre, et que je doutais ? Son aisance à s'exprimer me désarçonnait aussi. Il avait respecté son engagement et ne s'était pas imposé trop longtemps. Il était retourné s'asseoir à sa table.

Je commençais à trouver ça marrant, la vie, et ses messagers intempestifs.

Et cela a continué.

En 2002, F. est mort. [Celui que j'appelais « l'homme slave » m'avait éconduite durant de longues années mais, malgré la différence d'âge qui lui paraissait un obstacle, il avait fini par céder à mes assauts et nous avions vécu un très bel amour et fait un enfant ensemble, né en 1999. Quelques mois avant sa mort, repris par ses vieux démons de don Juan, il m'avait quittée pour C., une femme plus jeune encore que moi, avec laquelle, évidemment, mes rapports étaient tendus. J'étais toujours sous le coup de cette violente rupture quand il m'annonça qu'il avait un cancer. Moins d'un an plus tard, il s'éteignait.] Je dus subir, à la manière d'ailleurs de Laura, l'héroïne d'Osmonde/Makine dans *Le Voyage d'une femme qui ne voulait pas vieillir*, le choc consécutif de la trahison et du deuil. J'étais détruite, inquiète, mais j'avais Samuel. À 3 ans et demi, il portait en lui tant de joie que je ne voulais pas l'atteindre par ma désolation. C'est pourquoi peu de temps après la mort de F., je fis l'effort d'aller dîner chez des amis. Mais la discussion prit un tour politique. Le ton monta tellement qu'un halo de violence se forma dans cette soirée et, trop fragile, je quittai la discussion, brutalement, en larmes, et me précipitai dans la rue. La nuit était tombée, mais comme souvent les soirs d'été, le soleil avait laissé traîner quelques vestiges transparents qui se mêlaient aux lumières de la ville. Je marchais au milieu de nombreux passants, dans le bel anonymat que permet Paris. Un homme d'une cinquantaine d'années, un peu ivre et d'allure égarée, petite taille, râblé, visage rond d'Afrique du Nord, m'aborda.

— Madame !

— …

— Je peux vous parler ?

— Non.

— Ce n'est pas pour l'argent… Juste un mot. Un mot. Écoutez-moi. Vous avez perdu quelqu'un ?

Je m'arrêtai de marcher.

— Mademoiselle, vous avez perdu quelqu'un. Ça ne va pas. Mais ça va aller. Écoutez-moi. Ça va aller très bien. Je le sais.

J'étais soufflée ; ma raison bousculée me condamnait au silence. Les vagabonds-pythies qui éclairent l'avenir sont déjà surprenants, mais ceux qui vous chuchotent à l'oreille ce qui vient d'avoir lieu le sont plus encore. Il dit :

— Il faut juste m'embrasser là (sur la joue) et ça ira bien.

Encore déroutée, perdue, je l'ai fait. J'ai embrassé cet homme ; il puait un peu mais moi pas mieux, j'embaumais la tristesse, la mort, l'anxiété, et il n'avait pas hésité à m'aborder. Il a murmuré simplement « Voilà. Ça ira bien. » Et il est parti avec un beau sourire d'outre-monde.

ROMAN

La tempête n'a pas de nom. Ou bien si. Un prénom féminin, comme celles qu'on baptise dans les centres de météorologie. Celle qui arrive dans la vie de Laura s'appelle Jocelyn. Mais elle pourrait porter n'importe quel autre nom car elle est prétexte. Laura le sent et Paul le lui a presque avoué quand ils se sont revus, une semaine après sa missive.

Jocelyn est la remplaçante de Laura à la gestion de « Peintures et Rénovations ». Jocelyn a remplacé Laura. Simplement. Pendant qu'elle allait et venait de la maison au domaine, pendant qu'elle plongeait corps et âme dans des textes aux sonorités d'Extrême-Orient, une femme, à Marmande ou pas loin, s'installait dans la vie de Paul. Rouquine d'origine anglaise, Jocelyn était arrivée en France à l'adolescence avec ses parents. Sérieuse et pugnace, elle choisit très tôt une activité professionnelle à horaires de bureau afin d'être libre de fonder une famille et de cultiver son jardin. Après quelques années au service d'une compagnie d'assurances où elle ne fut pas très bien traitée, elle décida de regarder les annonces et tomba sur l'une d'entre elles provenant du domaine de Montius. Le service comptabilité ne la retint finalement pas, mais elle était dans les deux dernières prétendantes au poste. Alors, quand Jeanne leur avait demandé s'ils pouvaient recommander quelqu'un à Paul Delabre pour suppléer Laura, ils suggérèrent Jocelyn qui leur avait fait bonne impression. Elle accepta immédiatement, profitant de l'aubaine pour quitter ses anciennes fonctions qui lui pesaient. Cheveux en tresses avec mèche rebelle, souriante, disponible, célibataire, elle travaillait de chez elle, mais il fallait bien faire des points réguliers, se parler, se croiser un peu. Paul avait pris l'habitude de passer la voir et c'est ainsi que le glissement avait eu lieu. En entrant chez elle, en s'habituant à ce décor, en la voyant se démener pour « Peintures et Rénovations », Paul s'était laissé envelopper par la vitalité simple de la jeune femme. Laura n'avait rien vu, tout occupée à sa transformation phénoménale et à mener sa propre barque.

Une semaine durant, Paul a tenté d'échapper à une explication. Mais, trop humain pour laisser son épouse plus longtemps dans la désolation, il a fini par proposer à Laura de la retrouver dans le bar velours d'un hôtel de luxe, perdu dans la campagne et connu pour ses soins de thalassothérapie. Personne ne les connaît là-bas et ils seront au calme.

Assis face à face, chacun sur une banquette ottomane au dossier arrondi en corbeille, les époux prennent la tasse servie sur une table basse si « modern style » qu'on dirait une farce – sous une vitre, des outils agricoles rouillés reposent sans ordre ni esthétique.

Paul tremble. Sa parole surgit d'un silence qui se rétablit aussitôt avec force. Il ne comprend pas ce qui lui arrive. Il ne sait pas. Oui, il y a Jocelyn et elle lui plaît, mais il pleure beaucoup néanmoins. Il pleure tout le temps. Il pleure depuis la maladie de Laura, mais il pleurait déjà un peu avant. À cause des difficultés à avoir un enfant. Il ne le disait pas mais ça commençait à le tourmenter. Et puis, cette « chose » arrivée par là-dessus, il s'est demandé si ce n'était pas un avertissement, une semonce du destin. Il hésite. Il reprend. Il est allé voir Bombard pour se faire prescrire des antidépresseurs et… le médecin lui a assuré ne pas avoir revu Laura depuis longtemps. Il lui a même parlé d'un canular qu'on lui aurait fait. Cela aussi l'a contrarié. Ce mensonge. Qu'elle ne lutte pas davantage pour arrêter ce phénomène. Pourquoi ? Pourquoi ? Laura, prise en faute, se justifie : ce dont elle souffre n'existe pas ! Elle n'avait pas envie d'être une bête de foire qu'on passe de scanner en IRM, qu'on bourre de médicaments, qu'on encadre dans des rubriques « insolites » de journaux obscurs ou dans des revues scientifiques pour la gloire d'un chercheur imbu. Et puis, c'est vrai, elle ne voit pas de raison valable pour empêcher ce qui se passe. À part l'hostilité que ça crée, mais est-ce recevable ? Est-ce qu'on doit se soigner d'embellir, de s'épanouir ? Paul se renfrogne. Oui, il aurait aimé qu'elle se soigne, au moins pour lui.

Laura est émue. Elle tremble à son tour. Elle s'excuse de ce mensonge, à nouveau, le seul mensonge de toute leur vie. Elle le jure. Paul frotte sa mâchoire comme s'il voulait contraindre les mots à ne pas sortir. Mais ils sortent quand même : Ce n'est pas seulement ça. Ce n'est pas seulement le mensonge. Laura resplendit. Elle resplendit tellement, Paul devrait être content mais non. Il prend des médicaments pour se calmer de cet éclat, de cette stature, de cette simplicité. Sans calmants, il n'arrive plus à se supporter. Il a peur tout le temps. La seule avec qui il a pu évoquer tout cela, c'est Jocelyn, et voilà. Ça s'est fait. C'est ainsi.

Laura ne veut pas céder si facilement. Elle argumente, elle se bat. Elle se lève même pour s'asseoir près de lui sur la banquette et lui prendre la main : Il faut qu'on en discute, on ne peut pas décider ça si vite. Rompre. Partir. Après tout ce qui nous lie. Mais maintenant qu'elle est assise là, elle sent qu'elle n'aurait pas dû bouger, se rapprocher. À cette place, épaule contre épaule, elle le domine physiquement. D'autant plus que Paul est voûté, lui, tel un vieil arc. Les suppliques de Laura au-dessus de sa tête le percutent en cascade. Elles ne sont pourtant que de fines bulles de chagrin, mais chacune le heurte

« Laissons-nous encore une chance. » « Je vais aller consulter un médecin... » « S'il te plaît... » Tout le cogne. Il se disloque. Il dit « Je ne peux plus, Laura. Je ne peux plus. J'ai dit à Bombard que tu consultais à Bordeaux, il va te foutre la paix, mais moi, je ne peux plus. »

Et Laura sait qu'il n'y a plus de mot pour le retenir.

Mathias est venu d'Agen. Sa sœur allait si mal qu'il a fait le déplacement, ce qu'il avait négligé jusque-là, incrédule face à cette maladie insolite dont Laura avait minimisé la gravité, à la façon d'un cancéreux qui préfère se diriger seul vers la mort et auquel on désobéit un jour pour découvrir, effaré, son corps déjà meurtri.

Celle qui apparaît, là, sous ses yeux, n'est plus sa sœur. Il ne la reconnaît pas. Ses 1 m 87 semblent avoir englouti son humilité, sa fragilité. Ce port altier l'effraie. Pourtant elle pleure et il reconnaît ses larmes, sa retenue dans la souffrance. Il reconnaît sa voix, sa gentillesse aussi. Elle s'en veut. Paul n'y est pour rien. Elle le comprend. Elle n'a pas mesuré le retentissement de ce changement pour lui. Il exprime peu ses sentiments. Elle voudrait revenir en arrière. Elle voudrait rapetisser. Grossir. Se retrouver dans le regard de son frère. Elle ne sait pas quand ce cauchemar va s'arrêter. Elle pleure en fontaine et Mathias est si dérouté qu'on dirait un épouvantail égaré au milieu du salon. Quand il a vu sa sœur, il a répété plusieurs fois « Putain de merde… » ; il a ouvert les fenêtres pour prendre l'air, il s'est servi un verre d'eau. À présent, il est là, les yeux grands ouverts, les mains dans les poches, le sourcil haut. Impuissant devant cette sœur dévastée.

Il finit par murmurer « Il te laisse la maison ?… Il a intérêt à te laisser la maison sinon je vais le trouver, moi… » Il s'anime à nouveau. Il retombe sur ses deux pattes d'homme, de frère, de mâle pourrait-on dire. C'est sa seule échappatoire, rappeler à sa sœur que centimètres ou pas, petit frère ou pas, il la protège. Il peut casser la gueule du traître. Celui qui abandonne sa femme ainsi.

Laura le considère : Mathias est beau dans sa tension de va-t-en-guerre. Elle se sent propulsée dans ce temps d'adolescence, quand il n'était qu'un bambin crâneur qu'elle dominait encore d'une tête, ce qui n'empêchait pas son petit frère de se la jouer, et ça la faisait rire. La résurgence de ce souvenir l'apaise. Ses sanglots se tarissent. « Ne t'inquiète pas, Mathias. Ça va aller. Paul me laisse la maison. Et je gagne ma vie. Mieux qu'avant. Et je suis en très bonne santé. Et je travaille. Et on reconnaît mon travail bien au-delà de ce que je pouvais espérer. Tu as vu les articles dans le journal ? Maman est en haut, qui fait du gâteau. Papa est en bas, qui fait du chocolat. Fais dodo, Colin mon petit frère, fais dodo, t'auras du gâteau… » Laura cherchait l'adulte et elle trouve l'enfant. Comme trop souvent. Alors elle chante ses mots comme une vieille boîte à sommeil. Plus elle rassure Mathias, plus sa solitude la pénètre, se coule dans les couches vivantes de son épiderme, passe dans les capillaires sanguins et se diffuse en elle comme une rivière glacée.

Son frère se laisse réchauffer par la soupe tiède que lui sert Laura. Oui, elle va bien. Elle va s'en sortir. Elle n'a besoin de lui que pour la consoler. Ensuite, il pourra repartir. Il lui sourit. Il soupire au moins dix fois. Ouf. La montagne devant lui est trop raide. S'il faut porter Laura, il s'effondrera. Il va rentrer à Agen. S'occuper de sa femme et de ses enfants, charge déjà si lourde…

— Ça va aller ?

— Oui, ça va aller…

— Je suis là. Hein ? Tu me tiens au courant.

— Oui, tu es là.

— Je ne m'inquiète pas alors ?

— Non, Mathias. Merci d'être venu. On est forts dans la famille. On en a vu d'autres.

— Oui, ça…

Ils se serrent. La fenêtre est grande ouverte et la campagne au loin, rouge, paraît un champ de lave.

JOURNAL

Bien sûr, puisque je suis lancée dans le recensement non exhaustif de mes anges – quel rapport avec mon roman à venir ? Je n'écrirai jamais là-dessus ! Nous verrons bien –, je suis obligée de raconter cette rencontre à la salle de concert du New Morning en 2004.

C'était un jour de printemps. F. était mort depuis presque deux ans et, en cette période de vacances scolaires, Samuel était à Montauban [chez mes parents où il passait de nombreuses vacances en alternance avec Marmande où résidaient son parrain et sa marraine]. Cette journée était particulière car j'avais assisté l'après-midi même à la lecture de *Traits d'union* au théâtre des Mathurins, si prestigieux à mes yeux, et c'était précisément la pièce que j'écrivais au moment de la rupture avec F. trois ans plus tôt, quand il m'avait quittée pour C. et que le cauchemar avait commencé. F. avait, dans un dernier sursaut de délicatesse, attendu que je finisse de l'écrire pour m'annoncer son infidélité. Cette pièce, donc, je l'associais vraiment à cet homme-là, et j'avais pensé à lui à plusieurs reprises dans la journée. On projetait de la monter bientôt et la lecture avec Caroline Silhol et François Marthouret m'avait comblée. Je savais que F. aurait profondément partagé ma joie. Suite à cette lecture, j'avais décidé de me rendre au concert d'une chanteuse d'origine russe au New Morning. Je l'avais fait travailler dans le cadre des stages que j'animais encore à l'époque au sein du Studio des Variétés. Ma décision d'aller l'écouter prise à l'improviste m'avait privée de compagnie, car tous les amis que je tentai de contacter pour venir avec moi étaient pris, mais qu'à cela ne tienne, j'aimais bien aussi ces sorties solitaires. Arrivée en avance, je m'installai avec un bon livre et quelques raviolis vapeur dans un minuscule restaurant chinois en face de la salle de spectacle. Peu de temps après moi, la chanteuse que j'allais écouter entra dans le restaurant et me vit. Elle était suivie d'une belle troupe de musiciens à qui elle me présenta immédiatement, gentiment élogieuse sur mes compétences dans la direction d'interprétation, ce qui sembla ne pas les passionner plus que ça sauf l'un d'entre eux, brun longiligne, dont je remarquai l'intérêt. Ma table était trop petite pour accueillir tout son groupe, et la chanteuse décida de mettre trois de ses musiciens avec moi et le reste de la troupe avec elle. Cela me surprit car il restait une table disponible et les artistes auraient peut-être préféré s'y retrouver, mais c'était fait en cheffe de tribu chaleureuse et ils ne bronchèrent pas. Celui dont j'avais repéré l'attention prit place immédiatement à ma table et deux autres gaillards l'imitèrent. Je me demandai ce qu'on allait bien pouvoir se dire, mais me réconfortai en pensant que, concert oblige, ils ne traîneraient pas.

Rien ne se passa comme prévu. Le musicien curieux, assis en face de moi, m'entreprit sans attendre. Il avait une sorte de pétillement charmant, d'insistance presque impudique qui n'était pas désagréable. C'était quoi, cette histoire de mise en scène ? Et est-ce que ça me plaisait ? Et comment je travaillais ? Et est-ce que je gagnais bien ma vie ? Ah ! J'écrivais aussi ! C'est bien, ça. Du théâtre, il adore. Quoi par exemple ? Aujourd'hui, une lecture ? C'est marrant ! Je répondais, il rebondissait, il me faisait rire, il revenait sur ce qu'il ne comprenait pas. Les deux autres garçons, silencieux, avaient fini leur assiette quand lui n'avait pas touché le moindre grain de riz. Ils se levèrent en lançant à leur acolyte « On se retrouve en loge », ce qu'il approuva d'un pouce levé. La chanteuse les suivit quelques minutes après, en plaisantant vers moi « Méfie-toi d'Ivan, il est maqué », ce à quoi je rétorquai que je n'étais pas jalouse. Cela fit sourire tout le monde et je me retrouvai seule avec le musicien percussionniste qui profita du départ de ses complices pour s'asseoir à côté de moi et reprendre la conversation : L'écriture, c'est magnifique ça. Il n'a jamais écrit, lui. J'écris des scénarios aussi ? Il adore le cinéma, la télévision. Du moment qu'on reste singulier ! Est-ce que j'y parviens ? Pas toujours. J'apprends. Je me précise. Les questions fusaient de plus belle, flèches stimulantes.

Interrompu par un SMS, le musicien regarda l'heure. Il était 20 h 40. Le concert était à 21 heures. Je pensais qu'il était temps pour lui d'aller se préparer mais il n'en fit rien. Non, il continuait, m'informant au passage que sa compagne allait passer dans cinq minutes pour qu'il lui donne ses places. Ce serait quoi mes rêves ? Écrire ? Mettre en scène des concerts ? Écrire, oui, il me comprenait. Écrire, évidemment.

La porte du petit restaurant chinois s'ouvrit. Nous levâmes les yeux vers celle qu'il m'annonça être « sa compagne ».

Stupeur glacée.

La jeune femme qui venait d'ouvrir la porte était C.

Le choc fut considérable. Pour moi, mais aussi pour elle qui s'étonnait de me voir là, discutant avec son nouveau compagnon, et bien sûr pour ce dernier aussi, qui ne comprenait plus rien.

— Tiens… salut, me dit-elle.

— 'lut…

La mort de F. n'avait pas réussi à nous réconcilier et j'avais gardé un ressentiment toujours fumant.

« Vous vous connaissez ? » demanda Ivan.

Malgré la stupéfaction, C. murmura que j'étais « Murielle » – ce qu'il eut l'air de comprendre – et elle ajouta « Et vous, vous vous connaissez ? » Ivan s'empressa de dire « Non, non, juste là, maintenant, elle travaille avec Olga ». Comme si la situation était trop brûlante, C. se contenta de cette réponse, prit les places, dit qu'elle était attendue et repartit.

La puissance de ce hasard nous sidéra. Notre échange se chargea d'une conscience partagée de la cocasserie du moment. Et moi, je dois l'avouer, je n'avais plus très envie de converser avec cet homme qui devait avoir entendu parler de moi, et pas forcément dans des termes flatteurs. Mais Ivan ne lâcha pas l'affaire. D'un ton bien plus grave, il se mit à me questionner sur Samuel. Est-ce qu'il va bien ? Comment vit-il l'absence de son papa ? J'étais peu diserte, alors il s'abandonna à des confidences. Lui aussi avait vécu sans père, et il ne fallait pas que je m'inquiète. L'enfant reçoit la force autrement. Il faut que la mère aille bien, c'est tout. Les enfants sont forts. Bien plus forts qu'on ne le croit.

L'heure tournait. Nous sortîmes du petit restaurant, je me mis dans la file d'attente pour accéder au concert. L'homme ne me quittait pas et restait à mes côtés, bavard « On s'en fout des schémas classiques. *Whatever works.* » On allait s'éclater mon fils et moi. Rien ne devait me ralentir. D'autant que le père était mort mais il n'était pas absent. Un père c'est là pour toujours. Et puis pas de culpabilité hein, je savais faire ! Élever mon fils, je savais faire. Personne ne devait me dicter le mode d'emploi. Et puis « Est-ce que tu as quelqu'un ? Un homme ? » (Je ne répondis pas, je n'en avais pas.) Parce que c'était important, je devais aimer aussi, ou m'envoyer en l'air si c'était mon désir. Ce n'était pas parce qu'il y avait eu un drame que je devais prendre le voile. Visage fermé, otage de la file qui n'avançait pas assez vite, j'écoutais sa cascatelle verbale jusqu'à ce que l'homme n'ait plus le choix que de se détacher pour rejoindre son groupe. Leur entrée en scène était imminente.

J'assistai au concert en état d'hypnose et partis au moment des rappels. Je ne voulais croiser personne.

Je ne savais pas comment interpréter cet événement. Je n'avais pas eu d'attirance pour ce musicien, même si sa compagnie m'avait amusée, son insistance et sa curiosité aussi. Par ailleurs, il portait le prénom d'Ivan [celui du frère de l'homme slave], il était le compagnon de C. et j'allais voir un concert russe… dans cette journée où ma pièce avait été lue et où je pensais évidemment à F. ! Que faire de tout ça ? La solution est venue d'une camarade franco-brésilienne, musicienne à la grande douceur. Elle m'a dit, en toute simplicité.

— Elle est très claire, ton histoire.

— Ah bon ?

— Mais oui, tu ne vois pas ?

— Non…

— F. est venu prendre de tes nouvelles et des nouvelles de votre enfant.

— Comment ça… ?

— Il est passé par l'intermédiaire de cet homme pour te parler. Et peut-être même pour que tu le reconnaisses !

— …

— Il t'a questionnée sur toi, sur votre fils. Il t'a confortée dans la façon dont tu t'y prends. Il a passé du temps avec toi. C'est tout.

Je n'ai pas ri. J'ai acquiescé poliment, persuadée que j'oublierais cette interprétation dès la porte fermée mais, peu à peu, je l'ai mise en lien avec les autres rencontres mystérieuses de ma vie, et, presque sans m'en rendre compte, je l'ai adoptée. Poétiquement plus que rationnellement.

Soit. Le fantôme de F., mutin, joueur, avait squatté l'enveloppe du corps du compagnon de mon ex-rivale pour venir à ma rencontre et que je le reconnaisse. Cela me fit sourire. J'optai pour le terme d'« ange » même si le mot « fantôme » était, dans ce cas, plus approprié. Ou « esprit ». Comme dans le célèbre théâtre nô japonais où, sur des scènes dépouillées, des *shite* au masque sculpté hantent les songes des *wakis* endormis.

ROMAN

Depuis le départ de Paul, Laura n'exécute plus son rituel matinal. Elle ne va pas dans la salle de bains, elle ne se mesure plus, ne retient plus la porte du frigo avec son genou. Ce matin, elle erre pieds nus dans la maison, sa tasse de café à la main. Sa solitude suinte de toutes parts. Certes, elle reçoit bien plus de coups de téléphone qu'avant. Le domaine, Barbier, Pons, la sollicitent sans cesse, elle a « à faire ». Mais la télévision ne s'allume plus pour les infos ou les matchs. La cuisine ne bruisse plus des « crevettes flambées, les meilleures du monde » que mijotait Paul. Il n'y a plus rien qu'un air épais et triste dans ce salon sans vie. Et une géante qui cherche sa place.

Tout lui paraît faux désormais : le laurier du jardin a les reflets pétrole des fleurs en plastique, la lumière de théâtre qui entre dans son salon semble sculptée par un éclairagiste néoréaliste. Son kimono trop court est une pantalonnade. Si Paul avait été là, ils en auraient ri, c'est sûr, mais il n'est pas là. Et elle se sent comme une épave disloquée. Elle voudrait qu'un fantôme tiré d'une pièce de théâtre nô, ou d'un Kawabata ou d'un Murakami pénètre dans son salon pour prononcer les phrases magiques qui guident nos obscurités. Ses parents peut-être ? Son ancêtre Marthe ? Pourquoi la laissent-ils seule ? Pourquoi fait-elle peur à Paul ? Pourquoi fait-elle peur à Mathias ? Pourquoi a-t-elle peur, elle-même ?

C'est dans un élan d'enfant perdu qui s'adresserait à Dieu qu'elle s'empare d'un stylo et de plusieurs feuilles de papier, s'installe devant le petit secrétaire laqué noir à dessins de poudre dorée qui lui a servi de bureau ces derniers temps, et se met à écrire.

Cher Takumi Kondo. Peut-être vous souvenez-vous de moi, je suis Laura Delabre, de Marmande. J'ai participé à la rencontre littéraire de la médiathèque et je vous ai parlé du tsunami dans votre littérature. Vous avez eu la gentillesse d'y faire référence à la radio et depuis, ma vie a changé.

Ma vie a changé totalement et je ne sais comment vous l'écrire. Je ne suis pas écrivain et il ne s'agit pas d'un roman. Il s'agit de ma vraie *vie. Même si cela peut paraître extravagant.*

Depuis votre venue et votre passage dans les médias, j'ai été sollicitée par un vignoble local qui m'emploie pour l'aider à approcher la culture nippone afin de faire entrer sa production, au demeurant de très bonne qualité, sur le marché japonais. J'ai un salaire correct, je suis plongée dans ce qui me passionne du matin au soir, mes employeurs sont satisfaits, ce qui est une très grande joie pour moi et je vous en remercie.

Mais je prends un détour. Car ce qui m'arrive est un malheur, je crois, et ce que j'ai à vous confier est si incroyable que vous allez me juger folle, mais je ne vois que vous, oui, que vous pour m'aider.

Depuis votre venue, cher Takumi Kondo, je grandis. Je grandis au sens littéral du terme. Je prends des centimètres et je deviens de plus en plus haute, si je puis dire. Vous vous souvenez sans doute (si vous vous en souvenez) de la petite femme tonique aux formes pleines que j'étais ; eh bien, je n'ai plus rien à voir avec ça. Semaine après semaine je me suis allongée, et je mesure, à l'heure où je vous écris, près de 1 m 87, ce qui fait de moi une femme très impressionnante, bien plus rare en tout cas que celle que j'étais. Aucune maladie ne correspond à ce symptôme et je n'ai pas le courage de consulter des médecins qui m'examineraient comme un monstre, car à l'exception de cette anomalie extraordinaire, on peut dire que je suis en bonne santé.

Je me sens même bien, je dois dire, dans ce corps filiforme et remarquable. Je n'ai pas l'impression d'être quelqu'un d'autre, mais plutôt d'être une sorte de moi augmenté. Ou, disons, un vin plus travaillé, plus soigné, d'un même lopin de terre. Parfois, pourtant, un sentiment de monstruosité me saisit. J'ai honte. Je voudrais disparaître. Cette hauteur m'embarrasse. Et le pire, c'est qu'elle embarrasse aussi mon entourage. Mon mari m'a quittée. Mon frère ne trouve pas de mots. Mon médecin est devenu si excité que je l'ai fui. Mes collègues ont pour consigne de ne pas faire allusion à ma maladie, mais je commence à percevoir leur gêne. Je suis submergée, accablée, et pourtant heureuse, pleine.

Cher Takumi Kondo, êtes-vous responsable de ce phénomène ? Car c'est vrai, d'où vient que je sois capable à ce point ? D'où vient que l'attention se soit autant portée sur moi depuis votre venue ? Pardon si je vous heurte, mais m'avez-vous jeté un sort ? Et si ce n'est pas le cas, peut-être que cette histoire abracadabrante sonnera familière à vos oreilles et que vous aurez l'antidote hérité d'un conte ou d'un pouvoir magique légué par vos ancêtres. Peut-être saurez-vous comment inverser le cours des choses ? Car, même si ce que je vis me grise, en vérité, je voudrais revenir en arrière. Retrouver ma taille d'il y a quelques mois. Mon mari. Mon travail. Je crois que c'est mieux.

Pardon si je suis d'une extrême naïveté. Pardon si vous n'avez rien à voir avec tout ça et si vous n'y pouvez rien. Je vous demande juste de me répondre. Même brièvement. J'ai besoin de savoir si vous êtes une solution à mon problème. J'ai besoin de votre regard sur ce qui m'arrive car vous en êtes, j'en suis sûre, à l'origine.

Je joins à cette lettre des photos de moi et toutes mes coordonnées. Je me permets de l'envoyer à plusieurs adresses, pour être sûre qu'elle vous parvienne.

Ne vous étonnez donc pas si vous la recevez en plusieurs exemplaires.

Avec mon admiration et dans l'extrême attente de votre retour.

Laura Delabre

Laura a envoyé en recommandé la lettre manuscrite à l'éditeur français de Kondo, avec la mention « faire suivre », mais aussi à son éditeur japonais et à Sanae Garrand, sa traductrice française, dont elle a trouvé les coordonnées.

Une fois ces missives postées, elle a eu la sensation qu'une issue était possible.

Elle a ouvert le colis qu'elle venait de recevoir avec de nombreux romans japonais (Hiromi Kawakami, Sawako Ariyoshi) et, installée sur le canapé, la tête contre l'accoudoir, les jambes ballantes sur le bras opposé, elle s'est mise à lire.

JOURNAL

C'était un soir de mai. Jean-Pierre [rencontré en 2008], Samuel et moi allions écouter au New Morning un chanteur africain. Une odeur sucrée de printemps, cocktail voluptueux de glycine et de lilas, longeait avec nous les jardins de la rue qui nous menait au RER. Samuel avait 16 ans, cet âge où l'on hésite entre étudier ou s'amuser, entre suivre le programme des adultes ou le mépriser. Il avait fait l'effort de nous accompagner je ne saurais dire pourquoi, mais cela rendait encore plus joyeuse notre sortie musicale. Je n'étais pas retournée dans cette salle de concert, et sur le chemin, je me suis évidemment remémoré cette coïncidence folle qui avait eu lieu onze ans plus tôt, et que j'avais très peu racontée jusque-là. En arrivant devant le club de jazz, j'ai vérifié si le petit restaurant chinois était toujours là, et oui, toujours.

Quand nous sommes rentrés, la salle était déjà bien pleine d'un public essentiellement africain. Il restait seulement deux places assises côte à côte, et j'ai proposé à Jean-Pierre et Samuel de les prendre. Cela ne me dérangeait pas, au contraire. J'irais m'asseoir sur un tabouret haut près du bar, certes plus inconfortable, mais dont le léger surplomb me permettrait de mieux voir l'artiste.

Un homme noir élégant était assis à côté de moi. Il céda sa place rapidement à un autre, quadragénaire déjà éméché, maigre, borderline, qui l'importunait en lui parlant dans sa langue. Le type aviné s'installa et m'entreprit, en français cette fois. Il évoqua très vite sa précarité financière, ses galères, une femme qui l'aurait quitté. On ne pouvait pas être fort tout le temps. Parfois, on perd pied, on devient une loque. Il se définissait comme une loque, ou un gueux. Mais attention, une loque ça veut pas dire qu'on est con. Il est loin d'être con. C'est ça que les gens comprennent pas. Je l'écoutais. Il n'était peut-être qu'un collectionneur de cicatrices, mais il pouvait encore être un ange, qui sait, puisque nous étions au New Morning. Le concert commença et sa fontaine verbale ne tarissait pas. Ce n'était plus un flot continu, mais plutôt des jaillissements. De temps en temps, Samuel et Jean-Pierre se retournaient vers moi pour vérifier que tout allait bien. Je les rassurais d'un sourire. Le bavard à côté de moi ne m'importunait pas et ne prononçait rien de déplacé. Je finis par considérer avec empathie ses sorties ponctuelles (entre les morceaux, parfois pendant) sur la société décadente, l'humanité qui disparaît de l'humanité, l'indifférence envers ceux qui crèvent la gueule ouverte, même si elles n'avaient rien qui puisse alimenter mes divagations paranormales. À l'entracte, lasse du tabouret, je proposai à Samuel de me remplacer et rejoignis Jean-Pierre sur les chaises.

C'était moi maintenant qui me retournais de temps en temps pour m'assurer que tout allait bien. L'homme discutait avec Samuel qui me souriait pour me rassurer. Je finis par ne plus faire cas d'eux.

À la fin du concert, alors qu'ils se saluaient, je me suis approchée pour dire au revoir à l'homme avec qui j'avais quand même passé une partie de la soirée. Alors que mon fils s'éloignait, appelé par Jean-Pierre, l'homme me retint « Il est formidable, lui. » Il montrait Samuel. Je confirmai :

— Oui… ça !

— Je le lui ai dit, qu'il était formidable. Je lui ai parlé de vous aussi, il vous dira…

— Ah bon ?

— Oui… il vous dira.

Je commençais à me demander si ce n'était pas Samuel qui avait été l'interlocuteur de celui que j'avais pris pour un ange. J'allais partir mais :

— Attends.

J'attendis.

Il mit sa main dans sa poche. Il en tira un stylo et quelque chose d'autre que je ne voyais pas bien et qu'il posa finalement sur le comptoir du bar. C'était un ticket de métro. Avec son stylo, il écrivit quelque chose dessus et me le tendit.

— Tiens.

Je pris le ticket. Je regardai les mots notés, stupéfaite. L'homme avait écrit : « Si tu penses à moi, merci. »

Je tressaillis.

Je finis par sourire et bafouiller « Je penserai à vous ».

Je rejoignis mes deux hommes. J'attendis un peu qu'on sorte, qu'on salue nos connaissances, je ne voulais pas avoir l'air de me précipiter. Une fois dehors, je demandai à Samuel ce que l'inconnu lui avait dit. Il eut ce sourire décontracté qui lui donne des airs de sage hipster « Il m'a parlé de toi. Il m'a dit que j'avais de la chance d'avoir une mère comme toi. Que tu faisais tout pour moi. Que ce n'était pas toujours simple. Il m'a dit de bien travailler. (Petit air espiègle vers moi signifiant "t'es contente, hein ?…") Il m'a dit que j'y arriverais. Que j'avais de grandes capacités. (Petit air espiègle à nouveau.) Il m'a dit qu'il fallait que je sois sérieux avec tout ça. » Jean-Pierre écoutait, surpris. Quant à moi, j'avais presque peur, comme lorsque l'inconnu s'invite un peu trop à votre table.

Je n'ai pas osé leur montrer le mot écrit sur le ticket de métro. Je n'ai pas non plus raconté – en tout cas ce jour-là – l'extraordinaire hasard que ce lieu avait abrité onze ans plus tôt. Je n'ai pas révélé ce que je croyais au fond, que F. nous avait rendu visite, ce soir, pour m'aider dans l'éducation de notre adolescent. Ce dernier, d'ailleurs, accrut mon étonnement. Il me dit « C'est marrant, cette rencontre, ça m'a rappelé un jour, il y a deux ans. J'étais avec des amis et un type très bizarre s'est approché de nous. Il m'a regardé, il m'a lancé "Je veux juste te dire d'avoir confiance. De bien travailler. D'être ce que tu es. Et ça ira bien." Après il est parti. »

Dans la rue, encore secouée par les percussions africaines qui nous avaient traversés deux heures durant, j'ai pensé qu'il fallait, à la façon de Nougaro, « saluer le mystère. Sourire et puis se taire ».

Nos trois silhouettes solidaires, silencieusement, se sont dirigées vers le métro.

Laura mesure 1 m 89 quand elle est reçue dans le bureau de Jeanne ce jour-là. Après la visite de la délégation japonaise, l'excitation passée, toute l'équipe s'est mise en apnée dans l'attente des premières retombées concrètes de la réunion.

Laura est restée discrète sur les secousses suffocantes de sa vie privée. Il ne lui échappe pas que toute fragilité peut servir de carburant toxique à la brillante mais instable Jeanne.

Alors qu'elle lui propose de s'asseoir, la patronne virevolte dans le bureau, papillon aguerri qui passe de l'imprimante à l'ordinateur, aux étagères de l'entrée puis non, ce n'est pas là, c'est là, sur la desserte sous la fenêtre, elle réunit des pièces qu'elle dépose les unes après les autres sous les yeux de Laura comme autant de preuves de ce qu'elle veut lui annoncer : cette fois, on peut l'affirmer, sa venue au domaine de Montius est un succès, les Japonais ont envoyé hier une très belle première commande. Alléluia !

Laura semble si calme devant ces excellentes nouvelles que Jeanne le lui fait remarquer. Prise en faute, Laura en rajoute un peu pour certifier qu'elle est heureuse, profondément heureuse même, pour le domaine. Elle s'en serait voulu si ce premier semestre n'avait pas porté ses fruits.

Jeanne s'insurge : parfois on se démène et rien ne se produit. « Non, Laura, ce qu'il faut que tu voies, que tu saches, c'est que le succès que nous fêtons aujourd'hui, c'est le résultat d'une collaboration de qualité ! Je t'ai bien choisie, tu as bien bossé. Mettez par là-dessus un peu de poudre de perlimpinpin et hop ! » Et elle danse presque quand elle brandit une bouteille millésimée en guise de récompense. « Buvons. »

L'énergie jubilatoire de Jeanne finit par contaminer Laura qui laisse la joie s'installer en elle. Oui, il faut fêter ce succès, résultat d'un travail intense et sérieux et d'années de passion. Il faut célébrer en buvant le breuvage blanc-or que la patronne déverse dans un verre à larges parois. Même si Laura mesure mal son apport, tant cette tâche effectuée ces derniers mois s'apparentait au plaisir plus qu'à l'effort, elle ne peut que constater qu'il y a des résultats et qu'effectivement, cela n'était pas gagné. Le son cristallin des verres qui s'entrechoquent conclut la petite danse de Jeanne. Elle s'abat dans son fauteuil de patronne, les jambes presque écartées en *manspreading*. Elle remonte sa longue chevelure et enroule un chignon rapide. Elle boit et fait même tourner le vin dans sa bouche sans craindre le bruit exagéré que cela génère.

— Laura, on va continuer ensemble. On va trouver un moyen de faire évoluer ta mission. On ne change pas une équipe qui gagne.

— …

— Prends une semaine de vacances. Profite de ton mari, de ta maison. Occupe-toi de ta santé aussi, hein ? Ça en est où ton… ton problème ? Hein ?

— Dans quel sens ?

— Je sais pas, moi ! Ça va bien s'arrêter un jour… non ? Ils disent quoi tes médecins ?

— Non mais si, ça va… C'est une période particulière, mais ça va.

— Tu les as vus ? Parce que là…

— Non, j'ai pas eu le temps avec… tout le travail. J'ai dû changer nos rendez-vous.

— Ben, va les voir cette semaine, profites-en !

— Oui.

— Et tu me diras, hein ?

Jeanne met une insistance particulière sur cette dernière phrase. Chaque mot est lourd d'un sens que Laura peine à traduire mais dont la charge implicite lui paraît étrangement menaçante, et c'est sans doute pour cela que, lorsqu'elle se lève pour mettre fin à cet entretien, elle se voûte plus encore que d'habitude. Mais, malgré cet effort, Jeanne est si petite à ses côtés qu'elle durcit encore le ton pour répéter « Allez, occupe-toi de toi… C'est important. » Et elle croit qu'elle plaisante quand elle lance « On va peut-être arrêter là l'humiliation ! »

Laura promet et s'éclipse, mal à l'aise. Tout est spécieux dans cet échange. Pourquoi sa patronne lui a-t-elle dit « on va continuer ensemble » alors qu'elle est seulement à mi-contrat et que la question ne devrait pas se poser ? Pourquoi Jeanne insiste-t-elle autant pour qu'elle se soigne ? Pourquoi parle-t-elle d'humiliation ? Est-elle si écrasante ? Alors qu'elle sort du vignoble, un nuage noir parcheminé traîne au-dessus de Laura, comme accroché à un fil invisible.

Eliezer semble très heureux que Laura l'ait appelé. En prenant une pleine poignée de cacahuètes, à la table de la terrasse du café à auvent réputé pour la fraîcheur de ses cocktails, il le dit d'ailleurs « C'est chouette vraiment. Merci. » L'automne est doux et il a opté pour une bière. Sans son appareil photo, et avec son corps caoutchouc qui ne tient pas en place, il a des airs d'étudiant rêveur, dilettante, peu pressé de rentrer dans la vie active. Tout l'inverse de ce qu'il est. Sa voracité à alterner les arachides, la bière et les mots amuse et émeut Laura. Peu d'années les séparent, si on y pense, mais on croirait un siècle. Il avait très envie de revoir Laura depuis qu'ils s'étaient croisés dans la cité, mais il n'osait pas. (Bière.) Comme elle travaille beaucoup, plus sa vie de famille, plus sa maladie bizarre… (Cacahuètes.) Il ne voulait pas l'importuner. (Bière.)

Elle sourit :

— Je suis en vacances. Je viens d'apprendre que mon travail a porté ses fruits et, puisque mon mari m'a quittée, je voulais fêter ça avec quelqu'un. Avec vous.

Eliezer avale de travers et tousse et boit pour se débarrasser du morceau coincé ! Elle ne le lui avait pas dit au téléphone, quand elle lui a proposé de « se retrouver au Samba », et il n'avait pas posé de question. Eliezer n'a jamais trouvé naturel qu'on ait envie de passer du temps avec lui, et il s'évertue donc toujours à démêler les raisons de ceux qui formulent ce projet. Tel veut le voir par intérêt professionnel, tel autre pour rompre sa solitude, tel autre parce qu'il est solaire et qu'il distraie. Quant aux femmes, il en a fréquenté deux seulement. Il n'a jamais été certain de leurs sentiments. L'une a été son flirt d'adolescent, une Éloïse sérieuse avec qui il est sorti pour ne plus avoir à se poser la question et se concentrer sur sa passion de la photo. La deuxième, Manon, était une discrète intellectuelle du lycée qui l'a quitté une fois admise en Erasmus aux États-Unis où elle s'est finalement installée. Il échange parfois des mails complices avec elle, mais il sait qu'il a éprouvé plus de tristesse qu'elle lors de cette rupture.

Quand Laura l'a appelé, tout à l'heure, il a envisagé qu'elle désirait lui demander quelque chose, mais quoi ? Un service ? Une photo ? Il ne pouvait pas concevoir qu'il s'agisse d'un simple moment pour le plaisir.

— Mais comment peut-on quitter une femme comme vous ?! Si épanouie ? Il est fou votre mari ou quoi ?

— Eliezer, je suis malade.

— Moi, je trouve pas.

C'est dit simplement, dans la plus grande sincérité.

— Vous grandissez. C'est pas être malade, ça.

— Ben…

À la volée, Eliezer interpelle le garçon de café.

— Vous avez quoi comme cocktail à base de champagne ?

— Le French75, le mojito royal, le Black Swan ?

— Un qui pète, qui ait de la couleur et tout…

— Black Swan.

— Oui, c'est bien ça, Black Swan… Hein ?

— Si vous voulez…

— Deux Black Swan alors ?

— Yes ! Merci.

— J'attends que vous ayez fini votre bière ?

— Non non ! J'alternerai ! (À Laura) Vous connaissez Beautiran ?

— … Non… Enfin… c'est près de Bordeaux, ça, non ?

— Il y a un musée de la photographie là-bas.

— Ah…

— Si vous êtes en vacances, vous pouvez m'y emmener demain ?

— …

— Et on pourrait faire un détour par Duras pour voir le village qui a donné son pseudonyme à l'écrivain. Puisque vous aimez les écrivains.
— Les écrivains japonais.
— C'est pareil. J'adore faire des photos là-bas.

Dans un mouvement raffiné, Laura rit et s'enroule dans la veste fluide et ample qu'elle a choisi de porter ce soir. Le regard d'Eliezer sans doute, ainsi que la confiance engrangée ces dernières semaines, l'aspirent vers une gestuelle nouvelle, sans affectation, gracieuse. Elle aime être avec ce jeune homme. Il émane de lui quelque chose qui ne ressemble pas à ce qu'elle connaît des rapports humains. Avec lui, elle ne retient pas ce qu'elle est. Il semble ne rien juger. Il ne vient pas de sa vie d'avant ; il n'a pas mémorisé dans sa chair le corps qu'elle a été, inoffensif, docile. Sa croissance est moins troublante à ses yeux. Et puis c'est un artiste. Il l'a observée à distance. Il s'en étonne mais sans l'effarement qui fait si mal à Laura.
— Vous m'emmenez alors ?
— D'accord.

Laura n'est jamais allée à Beautiran. Une heure de route pourtant aurait suffi, mais ce n'est pas une destination que Paul avait cochée pour leurs week-ends pique-nique. La route passe vite avec Eliezer, prompt à tout commenter, tout admirer, tout poétiser (« Ce que j'aime dans les vignes, c'est la place qu'elles laissent au ciel » ou, à propos de sa Kangoo « Avant vous, je ne savais pas que la liberté était en acier couleur petit pois »).

Le petit musée, appelé Villa Maglya, est une ferme restaurée qui se trouve sur la route principale à l'entrée de la commune ; il se fond si bien dans l'architecture de la région qu'on pourrait passer devant mille fois sans le remarquer. À leur arrivée, une dame en plein bridge se lève de sa table pour leur vendre un ticket d'entrée et leur confirmer que la collection de l'iconomécanophile fou est visible à l'étage, mais ils ne seront pas dérangés, il n'y a personne ! Eliezer monte les marches deux à deux. Une fois devant les vitrines, il a l'air d'une puce alcoolisée, bondissant des premières photographies par Nicéphore Niépce aux chambres d'atelier en bois et laiton qu'on a envie de toucher tant elles ressemblent à un jeu pour enfants, avec leur rail crémaillère et les trois corps réglables qui coulissent. Les premiers Kodak (« Vos Japonais sont les meilleurs, chère Laura »), l'apparition de l'autochrome, les reflex en cuir noir et métal noir, les optiques fin XIXe en laiton doré, c'est beau à voir et les explications du jeune homme sont gaies à écouter. Il fait chanter les noms et les souvenirs associés : Leica, Nikon, Olympus, Yashica, Mamiya, Zenit… Laura a la sensation de prendre un shoot de légèreté et d'exotisme. Elle distille les « oh » et les « ah » sans discerner si c'est pour charmer son compagnon de virée, pour la volupté simple de l'émerveillement, ou par sincère intérêt. Eliezer se régale et la regarde en douce, et de temps en temps, comme on dégaine une clope, il la photographie.

Après la visite, la petite Kangoo a zigzagué à nouveau dans la campagne et ils longent désormais la Garonne. Ils s'arrêtent même et sortent pour contempler la lumière sur l'eau, aux contrastes si découpés qu'on croirait un patchwork. « Pour célébrer ce cadeau de Dieu, il faut agir plutôt que d'applaudir » ; le jeune homme met Laura dans le cadre et mitraille tellement qu'elle finit par en oublier l'objectif. Elle chemine ; le bruit humide de ses pieds dans les feuilles, l'ombre dépliée qui se jette dans l'eau, la lenteur de son pas, tout est rare aux yeux du photographe. Elle est son sujet, certes, la grande gigue au corps neuf, mais elle est son sujet confronté aux fauves de l'automne, à la transparence du jour. Une géante en balade, ingénue et souveraine, aussi naturelle que les éléments autour d'elle, c'est ce qu'il tente de capturer.

De retour dans la voiture, Eliezer avoue, embarrassé, qu'il a d'autres clichés d'elle en plus de ceux de la médiathèque puis de ceux de *La Dépêche*. Il l'a photographiée au téléobjectif l'autre jour dans la cité, quand elle attendait que Mehdi charge la bibliothèque. Il lui montrera le résultat si elle veut. Il est très fier de l'aspect « photo volée », façon paparazzi, de son travail. Laura semble contrariée par l'information, alors il chavire son regard-môme dans le sien et jure qu'il ne les montrera à personne sans son accord.

Sur la Torah, sur la tête de sa mère et de son poisson rouge.

Puis ils montent à Duras, et là encore, en touristes lambda, devant le château, sur la petite place en pierres blanches et même devant le belvédère, il photographie Laura en lui expliquant qu'il tient à la banalité du cliché. « Je veux te faire entrer dans le paysage. » Laura se laisse faire. Elle est fatiguée. Elle va bien, finalement. Et cela ne lui déplaît pas, ce nouveau regard sur elle.

Sur le chemin du retour, Eliezer a choisi la musique, une sorte de techno itérative avec un refrain si électrique, envahissant, que Laura s'est mise à chanter avec lui. Quand le panneau « Marmande » est apparu dans les phares de la Kangoo, au niveau du pont d'acier vert en surplomb du fleuve, Eliezer a exprimé son désir de rentrer avec elle. « S'il te plaît. »

La nuit flottait au-dessus d'eux tel un appel à la transgression. La lueur incertaine d'une lune fine perçait entre les nuages bleus.

— S'il te plaît… On ne peut pas ne pas dormir ensemble après une journée pareille.

Laura a hésité une seconde de trop. Alors Eliezer l'a embrassée comme on saisit une pomme sur un étal. Il y avait un délice dans ce baiser, si inattendu qu'il en devenait douloureux sans que Laura sache pourquoi. Quand le feu est passé au vert, elle a juste dit :

— Non.

Enfoncée dans son canapé velours, épuisée, Laura cherche son air. Malgré les SMS d'Eliezer jurant qu'il est prêt à l'attendre, à mettre son cœur à son rythme à elle, car son cœur bat fort quand il pense à elle, malgré toute cette douceur ludique, elle cherche son air. Il lui semble que sa maison n'est plus un abri. Elle tangue au-dessus de la vallée. Si son balancement nauséeux continue de s'accentuer ainsi, elle va s'écrouler irrémédiablement ; les débris vont se précipiter en torrent vers la plaine, et elle, dedans, ne sera plus qu'un corps démembré sans identité. Ses longs bras infinis, son cul, sa tête, ses entrailles, voleront en désordre pour se retrouver, qui sait, dans la brouette d'un jardinier du dimanche, dont elle entend déjà le rire sardonique. Il la donnera à bouffer aux cochons ou à ses chiens de chasse en manque de gibier ! Et plus cette image la grignote, plus le soir tombe sur ses larmes, plus elle se dit qu'il faut qu'elle sorte de cette pente dépressive et angoissée. Elle ne peut pas souffrir autant d'être ce qu'elle est, une femme qui change.

Elle se sert un verre de vin qui apaise son vertige et la lucidité revient. Elle sait dorénavant pourquoi le baiser d'Eliezer lui a fait mal. Il n'y est pour rien mais l'air de la petite ville qu'elle connaît trop, l'oxygène qu'elle respire ici, recyclent les particules de son passé. Son identité d'autrefois infeste les rues. Ici, elle a l'impression que les volets peints se ferment sur son passage, que les rumeurs et les gloussements s'étouffent en refoulant un parfum nauséabond. Elle ne peut recevoir le baiser de personne, ici.

Il lui faut de l'anonymat. De l'inconnu. Il faut qu'elle confronte ce corps long, ferme, provocant, à une foule habituée. Qu'elle se grise à la normalité oubliée. Il lui faut Paris.

JOURNAL

Makine ne me lâche pas complètement, il faut croire. Je lis *Le Testament français* qui lui a valu le prix Goncourt. C'est beau. Certes, le sujet est classique : le narrateur nous raconte sa naissance à l'écriture et à la littérature, de l'enfance à l'âge adulte, en passant par le prisme de Charlotte, sa grand-mère française exilée en Sibérie. On pense aux *Mots* de Sartre ou au *Dernier Homme* de Camus. À tous ces écrits réjouissants où l'auteur nous révèle par quel chemin il est venu vers nous. La langue est orthodoxe, irréprochable. Cela aurait pu me lasser mais ici, elle est tellement en accord avec le sujet – cette naissance à la littérature d'un jeune Russe grâce à sa passion pour les grands écrivains français – qu'elle exhale de chaque page presque comme une preuve.

L'émotion est forte de voir cet enfant de Sibérie se confronter à cette double et puissante identité : la brutalité de la vie (les viols, les guerres, le froid, la mort des proches), si présente dans ce qu'il m'a semblé percevoir de Makine, respire par son poumon russe ; l'élégance littéraire, militaire, la Belle Époque aristocratique et poétique, par le poumon français. La conduite de la narration est captivante. Il distille des récits qui glacent et donnent envie d'avancer. La tragédie de l'histoire personnelle du narrateur se mêle à son apprentissage et le nourrit. L'esthétique, le sexe, la violence, le classicisme... *Le Testament français* dompte son jeune héros, explosif comme une promesse, et le révèle.

En lisant ce livre, je comprends pourquoi cet écrivain a eu envie d'être académicien. Sans doute dans un tiraillement intime. Osmonde s'en fout, Makine en a besoin.

ROMAN

En trente-cinq ans de vie, Laura est allée deux fois à Paris. Une fois avec le collège pour visiter les musées, et une autre fois avec Paul à l'occasion d'un Salon de la maison. La ville l'avait impressionnée par l'abondance de ses artères, sa densité de population, la beauté et la force de son architecture. Impressionnée aussi par les gens, libres, multiethniques, rudes, pressés. Mais la sensation d'oppression l'avait emporté et elle était chaque fois repartie sans tendresse pour cette cité. C'est pourtant précisément ce qu'elle lui reproche que Laura va chercher aujourd'hui : l'agitation, le bruit, l'indifférence, qu'elle trouve dès son arrivée à Montparnasse, et qui ont immédiatement sur elle l'effet espéré de tranquillisant.

Elle a opté pour un hôtel dans le 9e arrondissement, près de la place Clichy. Ancienne école de chanson récemment transformée en hôtel de luxe, aux allures branchées postmoderne, il lui a semblé en le découvrant qu'il allait bien à sa nouvelle morphologie. L'éclairage au néon, le grand hall rouge, le jardin d'hiver aux plantes luxuriantes, accueillent une clientèle mince et élancée, comme elle. À croire que c'est à la taille et au poids que certains lieux choisissent leurs résidents.

Il lui a été recommandé par Julie Trebens. C'est une amie de collège, perdue de vue en seconde, dont elle savait qu'elle était partie vivre dans la capitale. Quand elle l'a contactée via un réseau social (qu'elle ne fréquente pourtant pas), puis par téléphone, Julie est tombée des nues « Laura Delabre ! Ben ça ! Bien sûr que je me souviens de toi. Et comment. J'ai gardé la photo de classe. Tu deviens quoi ? Tu travailles dans la com ? Spécialisée dans le Japon ? Génial ça dis donc. Mariée ? Des enfants ? »

Julie, elle, vit en union libre, mais c'est le mot « libre » qu'il faut retenir. Elle a ri et ajouté que dans son souvenir, Laura, c'était la gentillesse incarnée, le sérieux incarné. Elle n'imaginait pas qu'elle finirait dans le monde de l'entreprise. Mais elles vont se raconter tout ça. Elle est ravie de la revoir. Et puisque Laura est en période de rupture amoureuse, il n'y a qu'une recette : s'amuser. Et s'amuser, Julie adore ça.

Laura a raccroché légèrement excitée par le ton direct de son amie, qui lui fait penser à celui de Jeanne ; des filles sans entrave qui courent à grandes enjambées, tombent, se relèvent, rient, repartent de plus belle, s'écorchent et se brûlent, écorchent et brûlent aussi, arrivent premières ou dernières, mais épuisées, et avec l'impression de ne pas avoir assez profité du paysage. Cette énergie communicative vient abreuver les étonnées comme Laura, qui lambinent, contemplent et croissent au gré de pluies et de labours lents et têtus.

Quand elles se retrouvent au CC Restaurant, à deux stations de métro de là, Julie ne peut s'empêcher de manifester sa surprise. Tout en s'excusant de le lui faire remarquer, elle avoue qu'elle n'aurait jamais cru que son amie gironde du collège allait grandir autant. « Tu en jettes », ajoute-t-elle dans un mélange de spontanéité et de candeur. Julie est une belle trentenaire de taille moyenne, au corps musclé, sexy, avec un nez de caractère. Sa grande fantaisie s'exprime dans une tenue colorée, du nœud dans les cheveux à la minijupe rouge sur des collants bleus bariolés, un décolleté qui met ses seins en valeur, un collier massif pour souligner son cou, et des mitaines à dentelles sur ses mains potelées. Les deux amies d'école, si différentes, forment néanmoins une paire de filles assez remarquable et très vite, les yeux se tournent vers le duo qui rit fort en se remémorant les blagues de Michel, les thèmes astraux de Garance, les cigarettes roulées de Ninon ou les flirts de Karima et Noémie.

Bien sûr, Laura tait l'histoire surnaturelle qui lui arrive, mais elle raconte tout le reste. Sa passion de la littérature japonaise, l'interview de Kondo et sa mention sur la grande radio. Elle confesse même le baiser d'Eliezer et son trouble, son besoin de se dépayser un peu. Elle n'ose pas dire « de se perdre » mais Julie l'a compris. On ne contacte pas une amie d'enfance sans une arrière-pensée particulière. Il reste un goût associé aux souvenirs. Et elle sait que celui qu'elle laisse, elle, est celui du danger. Ça lui va. Laura rougit. Elle rougit encore quand Julie lui annonce qu'elles vont visiter le Paris underground. Le Paris qui ne se montre qu'à ceux qui s'y risquent.

Mais avant cela, puisqu'il faut attendre la nuit, Julie décide d'emmener Laura au Palais de Tokyo voir une exposition exceptionnelle sur les « *Love Dolls* ». Il y en a une du désespéré, inspiré, Hiroshi Sugimoto. Laura ne connaît pas ? Elle kiffe le Japon et elle ne connaît pas ?! Il n'y a donc que les livres dans sa vie ! Julie, elle, aime l'art, les sculptures, les délires des contemporains avec leurs textes alambiqués pour expliquer leur travail. Il n'y a plus qu'eux pour parler de sexe aujourd'hui, les autres arts ne vendent plus assez alors ils mettent la pédale douce sur tout ce qui pourrait faire perdre du public. Et elle explose de rire devant la tête de Laura quand elle lui notifie que le sujet de cette expo, c'est les poupées gonflables !

Et les voilà toutes deux dans les grandes salles industrielles du Palais, à déambuler devant les poupées des artistes. L'une est à moitié dénudée sur un sofa en velours caramel, l'autre est dans la baignoire bleue d'une salle de bains, une autre encore sur un grand lit à baldaquin. Les créatures sont jambes écartées, en tenue de soubrette ou en dessous de cuir et si ressemblantes à l'humain que les visiteuses, troublées, ricanent comme des ingénues. La *Love Doll Ange* de Sugimoto, installée sur un divan en satin rose, retient leur attention. Allongée sur le dos, une jambe à demi repliée, la poupée est très partiellement recouverte d'un tissu blanc et brillant qui ne demande qu'à être retiré. Le sein droit s'échappe de l'étoffe et les jambes nues semblent de la soie. L'encadré explique qu'aux yeux de l'artiste, la poupée gonflable est l'expression la plus incongrue de la haute technologie nippone, et la preuve de la faiblesse grandissante des hommes par rapport aux femmes. Ils en ont peur et ne peuvent plus les admirer qu'au travers d'émanations totalement artificielles, mais parfaites pour procurer des sensations inouïes. La qualité de la peau, la douceur, la texture des lèvres et de la vulve, tout plaît aux hommes. Selon lui, ils ne fréquenteront bientôt que des *love dolls* (*doll fuzoku*), mettant fin ainsi à la procréation et poussant l'humanité vers son extinction. « Le monde est mort », dit le sculpteur, et plus Laura et Julie perçoivent le tragique, plus elles rient. « Nous aussi on a eu peur d'eux pendant des siècles, finit par balancer la Parisienne, et on s'est pas tapé des poupées gonflables ! » Laura s'esclaffe mais ajoute que si ça avait existé à l'époque, qui sait… Julie adore cette réponse et la prend par le bras.

Les deux amies ressortent tout excitées de la grande bâtisse en bord de Seine et choisissent de déambuler dans Paris. Elles dévalent les rues, les faubourgs, sans s'occuper du fleuve de passants ou de passantes, entrent dans les boutiques à vigiles, en ressortent avec des sacs de vêtements à la taille de Laura, changent de quartier. En bus, en taxi, en métro. Dans les plis souterrains de la ville, Laura perçoit le regard parfois intrusif des hommes, moins pudique qu'à Marmande, plus pesant, presque autorisé. Mais elle n'est pas la seule qu'on regarde ici. À chaque station de belles filles montent et descendent. La vibration agressive se dilue.

Entraînée par la vigueur électrique de Julie, Laura n'économise pas ses éclats de rire. Mais elle se débride, aussi, et amuse son amie avec des traits d'humour désopilants qui la surprennent elle-même.

Laura persévère, le soir, avec ces deux garçons qui s'invitent à leur table dans l'antichambre d'un bar à poker. Elles ont dû passer la première salle avec son comptoir en inox, ses murs boisés et ses clients paisibles et se faufiler dans la pièce adjacente. Là, un espace Art déco accueille les dérives nocturnes d'une vingtaine de joueurs, concentrés et immobiles, autour de tables à tapis vert surmontées de petits points lumineux safranés. L'atmosphère est bien plus détendue dans l'espace « café » où elles s'installent, vite rejointes par deux lascars entreprenants. À voix feutrée, les quatre bataillent et se séduisent. Laura leur fait un sketch presque clownesque et pourtant jamais vulgaire, sur les poupées gonflables du Palais de Tokyo, et l'un des deux hommes finit par lui dire « Vous êtes poétique et hilarante », réflexion à laquelle Laura réagit par une mini-danse comme elle aimait en faire devant Paul, juste avec les bras. Elle a la sensation de retrouver quelque chose de l'adolescence, quand on croit se livrer entièrement aux autres alors qu'on ignore qui on est. On leur raconte « tout », c'est-à-dire la légende de nous-même, forgée à coups d'émotions rouleaux compresseurs, miroirs déformants de nos vies à faire. Elle jubile de cette page blanche retrouvée, cette absence de repères. On la voit telle qu'elle est, juste aujourd'hui. On la voit comme elle veut bien montrer qu'elle est.

Cette fois, elle aime Paris. Sa frénésie puis son silence. Ses grandes avenues et ses pentes à escaliers qu'elles descendent comme des adolescentes énervées. On se retourne sur Laura mais ça ne dure pas, c'est habituel, ici, une femme de 1 m 89. Dans certains arrondissements, on la siffle. On lui parle en arabe, ou en croate, ou en turc, qu'est-ce qu'elle en sait. Ce matin, après cette première nuit avec Julie, elle s'est levée tôt pour arpenter la capitale. Un homme l'a suivie en réclamant son attention mais elle a hâté le pas. Elle a juste entendu qu'il disait « Attends… Je ne vais rien te demander. Attends… » mais elle n'a pas attendu. Elle ne veut pas perdre de temps.

Elle veut profiter au maximum de la ville tentaculaire, de son chaos de pierres, de ses édifices ouvragés.

Elle se sent puissante ici, et elle n'a pas honte de cette puissance. Elle passe les ponts en fer forgé. Elle franchit les portes à code pour découvrir les arrière-cours. Ce soir, elles iront dîner avec les garçons croisés hier. Julie dit qu'ils sont « enthousiasmants ». Beaux, drôles, et il y en a même un qui a l'air tendre. Pourquoi se priver. « Tu vois, c'est ça Paris. Tu quittes la surface, tu trouves le mystère. »

Le plus doux des deux habite dans une demeure improbable sur une grande avenue qui monte vers Montmartre. On y pénètre par une grille en acier sculpté qui s'ouvre sur un jardinet aux arbustes dodus, dont les réverbères de la rue soulignent, malgré la nuit, la taille parfaite. Laura et Julie suivent les deux garçons. Ils n'ont pas encore bu mais promettent à Laura des vins que son palais connaisseur va tant adorer qu'elle se prosternera devant eux. La jeune femme se moque ; même devant une romanée-conti, elle ne se prosternerait pas.

La maison s'éclaire par petites touches tamisées, au gré des déplacements de leur hôte qui semble porter un soin particulier à la lumière. Très vite, elles découvrent au milieu d'une immense pièce une contrebasse si imposante que Julie a un mouvement de recul et un sursaut « Ça m'a fait peur ce truc. »

Leur hôte se précipite sur l'instrument, retire l'étui déjà ouvert, et sans attendre il rompt le silence minéral ; il fait bondir ses doigts sur les cordes qu'il pince et ce qui sort du *truc*, le solo d'Oscar Pettiford sur

Caravan, est si puissant, si virtuose, que tout le monde s'immobilise. Même l'acolyte est sidéré. Il avait pourtant imposé son leadership jusque-là, en étant à l'initiative de chaque étape de la conquête en cours : il n'a pas peur des femmes, lui. Il n'a peur de rien. Sauf peut-être de la dinguerie de ces cordes vibrantes et pulsatiles sous les doigts de son pote.

Complètement charmée, Laura regarde Julie qui paraît lui dire avec les yeux « Je t'avais prévenue... » La musique, plus que l'alcool, plus que le vin qu'elles boiront tout à l'heure et dont les millésimes sont si rares, participe à l'abandon de la provinciale. Et c'est pourquoi le musicien n'a plus grand-chose à faire pour cueillir celle qu'il considérait comme une si belle femme. Il le lui dit à l'oreille, quand son exhibition est terminée et qu'elle le suit vers la « cave à vins » ultramoderne qui trône dans la cuisine. Il chuchote qu'il est plein de désir et son désir est décuplé par son air égaré, décalé. Quand il l'a vue au club de poker, il s'est demandé si une main occulte et malicieuse l'avait déposée là, ou si c'était elle qui avait désobéi à un ordre céleste. Que lui arrive-t-il pour être à la fois si perdue, et si rayonnante ? « J'ai grandi de vingt-cinq centimètres en six mois », murmure Laura, et le garçon s'éprend de cette réponse folle et l'embrasse. Elle cède, non sans voir que, dans le salon, sur un grand canapé, Julie cède aussi à l'acolyte.

L'ambiance tamisée, l'alcool doux dans les veines, l'ombre monumentale de la contrebasse, tout appelle au débordement ; alors peu à peu les deux couples se rapprochent et ce que Laura n'aurait jamais imaginé d'elle-même a lieu : elle fait l'amour avec deux hommes et une femme en même temps.

C'est d'abord si déroutant, si intense et confus, que Laura ne remarque pas que l'acolyte veut en découdre avec son corps de géante ; il veut s'en occuper, lui, et il évince le contrebassiste plusieurs fois, dès que ce dernier s'approche de celle qui l'enfièvre tant. Quand Julie s'en aperçoit, elle intervient pour émanciper son amie et, joueuse, elle s'empare du sein de Laura, y pose sa bouche, mais l'acolyte l'écarte ; qu'elle se contente du musicien pour l'instant. Laura commence à percevoir le harcèlement qui s'excite sous la langue intrusive de l'homme et elle tente de se soulever pour rejoindre les deux autres, mais elle est retenue par des mains qui l'agrippent si fort que des marques rouges commencent à s'inscrire dans sa chair. Elle murmure « Tu me fais mal. Arrête. J'ai mal. » Sourd, il continue de la déboutonner d'une main et de la retenir de l'autre, ses longs doigts sur son cou pour dompter sa résistance. Il colle sa bouche contre son oreille et chuchote « Qui va gagner, hein ? Qui… ? Qui est le plus grand ? » Et comme elle se débat un peu, il serre son cou davantage. Laura peine à respirer. Elle tente sans succès de repousser l'homme en enfonçant ses ongles dans son buste, mais il l'oppresse plus encore. Alerté par son souffle court, le musicien qui s'occupait de Julie se retourne. Il ne sait d'abord pas distinguer la nature de cet essoufflement. Est-ce du plaisir ? Est-ce de la souffrance ? Soudain frappé par le regard blanc de Laura, il comprend. En un geste martial et vif, il saisit à son tour le cou de l'agresseur « Tu vois pas qu'elle veut pas ?! Dégage ! » Mais l'acolyte, qui tente de sortir son sexe, résiste. Le musicien décuple de rage et le projette cette fois hors du canapé et lui crache dessus.

Ramené à lui par ce crachat dégoulinant sur son front moite, soudain gêné, mâchoire lâche et langue basse, l'acolyte se relève en prenant appui sur ses deux mains. Il stationne quelques secondes, hébété et flasque, devant le canapé, puis il sort ses cigarettes d'une poche obscure et va fumer à la fenêtre, pyromane criminel surpris par la pluie, grotesque, immédiatement amnésique.

Laura est si secouée qu'elle commence à se rhabiller mais Julie la retient. « Attends… Il va se barrer… Attends… »

La provinciale hésite. Elle n'ignore pas dans quelle qualité d'ombre elle a voulu s'enfoncer ni les ténèbres qu'elle prenait le risque de trouver. Elle sait aussi que son anomalie l'empêchera de mettre cet épisode dans les mains de la justice des hommes. Alors elle reste. Et, dès que l'homme est parti, elle se jette dans l'étreinte comme dans le Léthé. Ses mains, sa langue, ses lèvres s'échauffent. Julie et le musicien sont surpris mais adoptent son tempo fou. La jeune femme, au centre du trio, connaît alors une volupté si profonde qu'elle se demande si elle n'en deviendra pas dépendante. Si elle ne va pas vouloir, toujours, être ainsi au cœur de toutes les caresses de la terre.

Dans sa chambre d'hôtel, appuyée au garde-corps, Laura regarde Paris s'éveiller. La rue est déserte. Une brume grise, quasi transparente, attend de se disperser. De la place de Clichy, au loin, quelques klaxons perforent le silence ; les vibrations intermittentes du métro désengourdissent l'hôtel de luxe, ensommeillé. La cité n'a pas encore trouvé sa cadence et Laura profite de ce retard qui invite à la méditation : tout est possible ici. S'enivrer. Se mesurer. S'égarer. S'exténuer. Mais il y a la violence aussi, qui bouscule les innocences, altère la beauté, vous dépèce dans sa mécanique glaciale. Quant à la démesure de Laura, elle crée ici autant de haine qu'ailleurs ; elle l'a constaté hier. La jeune femme en est sûre, si l'on n'y prend garde, Paris peut vous anéantir.

Alors ses yeux se détournent, reviennent vers l'intérieur de la pièce, et se posent sur *Le Crépuscule de Shigezo*, le roman de Sawako Ariyoshi. Il traîne sur le dessus de sa valise depuis le début du séjour ; elle ne l'a pas encore ouvert. Elle en a pourtant très envie, mais elle sait qu'elle ne pourra pas lire. Ici, on dirait que des aimants puissants tentent de l'arracher de cet endroit d'elle-même où elle se pose quand elle lit ; sa citadelle intérieure. Elle se dit qu'elle a hâte d'être dans le train pour Marmande ; là, elle pourra commencer sa lecture.

JOURNAL

Je ne sais pas pourquoi cette histoire marquante de mon adolescence me revient à l'esprit. Peut-être à cause de mes dernières notes sur les séducteurs et les anges, ces hommes qui nous abordent, possibles prédateurs. Peut-être parce que, évidemment du côté des femmes, mais hostile aux radicalités que je lis à longueur de tweets ou de médias, je cherche frénétiquement l'équilibre, la réconciliation. Peut-être que cette histoire resurgit pour me rappeler que les démons savent aussi nous trouver, nous.

J'avais 15 ans. V., redoublante, en avait 16. Ses parents divorçaient. Ça allait mal entre eux depuis longtemps. Sa mère restait pourtant très éprise de son mari qui, lui, commençait à papillonner. Mon amie m'en parlait douloureusement. Elle en voulait à son père qui téléphonait à ses nombreuses fiancées quasiment sous les yeux de son épouse, attisant ainsi sa souffrance. Cette dernière, à bout, finit par aller voir un avocat : s'il voulait la guerre, il aurait la guerre.

V. me tenait au courant de tout, comme on le fait à cet âge-là entre amies intimes. J'avais moi-même des soucis avec mes parents à la maison et j'étais très attentive à son histoire, un peu effrayée à l'idée qu'elle gagne notre foyer par contagion.

Un jour, alors que nous refaisions le monde dans sa chambre, sa mère toqua à la porte. Elle avait les yeux révulsés du supplicié, de l'humiliation ravalée. Ma présence ne retint pas son mouvement : elle entra et déposa une lettre sur le bureau de V., en feignant la légèreté « Tu la liras plus tard, discutez bien les filles. » Sa voix, trop aiguë, inquiétait presque, ainsi que la brusquerie avec laquelle elle referma la porte.

V. hésita. Elle me dit que sa mère communiquait ainsi avec elle parfois. Ça l'agaçait. Souvent, c'était pour parler du divorce.

On revint à notre discussion (Lech Wałęsa, Mitterrand, Barbara) mais la lettre nous narguait sur le bureau. Ma curiosité et ma pudeur se livraient une jolie bataille silencieuse qui n'échappa pas à mon amie. Par compassion ou par jeu désenchanté, V. finit par dire « Bon, on va voir ce que c'est… » Je renâclai poliment. « C'est intime, vraiment, ça ne me regarde pas… » Mais elle me déculpabilisa « Tu sais tout de toute façon. »

Elle ouvrit la lettre et la lut d'abord silencieusement. Elle blêmissait. Je dis « Quoi ? » Elle me tendit la lettre.

Sa mère avait écrit ceci, en substance : « Ma chérie, tu ne t'en souviens sans doute pas, mais ton père n'a-t-il pas fait des attouchements sur toi ? Ce sont des choses qu'on enfouit tellement... Je crois me souvenir que tu me le laissais entendre quand tu étais plus jeune. Tu sais que c'est une faute grave et qu'il faut le signaler. Puisque je suis en contact avec un avocat pour le divorce, ça pourrait être l'occasion pour toi d'en parler et de t'alléger de tout ça. Je serai solidaire de ta démarche. Je t'embrasse mon petit cœur, ta maman. »

J'étais stupéfaite. Est-ce que V. avait subi des attouchements ? Elle ne m'en avait jamais parlé. Sans attendre mes questions, avec une sorte de maturité douloureuse, elle murmura « Mon père ne m'a jamais touchée... Ma mère veut que je charge mon père. Je n'ai jamais subi d'attouchements. C'est dégueulasse... » Et elle ajouta « Mes parents sont dégueulasses. Il n'y en a pas un pour rattraper l'autre. Elle est prête à l'envoyer en taule, putain. »

V. glissa la lettre dans une boîte qu'elle appelait « boîte à secrets » mais qu'elle rangeait simplement dans un tiroir de son bureau. Trois jours plus tard, elle me téléphona pour m'annoncer qu'elle n'y était plus.

Selon elle, pas de doute, sa mère, consciente du risque qu'elle avait pris en laissant une trace écrite de sa manipulation, l'avait retirée de la boîte. Il ne restait plus de preuve de cet épisode que notre souvenir commun.

ROMAN

— C'était bien, Paris ?

— Oui. Ça va…

— Tu as pu voir un spécialiste ?

— … Oui.

— Il dit quoi ?

— Mmh… Ça… selon lui, il ne faut pas s'inquiéter. Ça devrait s'arrêter bientôt.

— Mais… il te donne des choses à prendre ?

— Oui… des cachets… des sortes d'hormones qui ralentissent la croissance.

— …

— … Tu mesures combien, là ?

— Heu… je sais pas.

— Plus de 1 m 90 ? Tu as beaucoup grandi en tout cas encore…

— Un peu plus.

— …

— 1 m 95.

Laura jubile presque en annonçant sa taille à Jeanne. Elle ne comprend pas pourquoi cette sensation passe en elle. Cette maladie est source de tant de tourments, de souffrance même. Mais prononcer ces mots : 1 m 95, si vertigineux, si inattendus, c'est un hold-up. Une revanche. Cette capacité à grandir indéfiniment, à être frappée d'une pathologie rare, non encore identifiée, d'être peut-être la cible d'un sort maléfique, jeté sur elle et personne d'autre, nul ne l'aurait imaginée pour elle. Elle a scruté les réseaux sociaux pour voir si d'autres personnes témoignaient de symptômes identiques (Paul l'avait fait aussi de son côté) mais n'a rien trouvé. Elle est bien seule. Et c'est peut-être de cette solitude intersidérale que vient la jubilation ressentie à l'instant quand elle prononce, coupable et triomphante : 1 m 95.

— 1 m 95 ? C'est… pardon Laura, mais c'est énorme… Peu de femmes mesurent 1 m 95. Il faut que ça s'arrête, non ?

— … Je… oui, ce serait bien, c'est sûr.

Mais Laura se demande finalement pourquoi faut-il que ça s'arrête. En quoi cela regarde Jeanne que ça s'arrête ? Quel est le problème ?

— Tu sais, Laura, je… on est à mi-contrat. J'aimerais échanger avec ton médecin. En tant que ton employeuse.

— …

— Tu veux bien ?

— Je veux bien mais… je voudrais juste comprendre pourquoi ?

Le ton de Laura, sec pour une fois, surprend Jeanne, dont le regard fuyant semble en quête d'une sanction à la rebuffade de sa subordonnée. Celle qui ne se prive pas, quotidiennement, de pratiquer l'abus, l'égocentrisme, la prétention, reproche précisément à Laura, qui en use pour la première fois et sur la pointe des pieds, l'outrage que cela crée. La fermeté si sobre de Laura est ressentie par Jeanne comme une agression. Alors, la patronne s'enfonce dans son fauteuil, écarte ses jambes fines et sexy, et bombe son décolleté. Un caricaturiste ne ferait pas mieux s'il s'amusait à dessiner la virilité grossière et la féminité opulente dans un même corps. Toute l'anatomie de Jeanne signifie à son employée qu'elle baise souvent, et que ça vaut allégeance. Elle ne mesure pas 1 m 95, elle, mais elle « en a ». Des gonades.

— Écoute. Tu as peut-être raison, mais on ne peut pas grandir indéfiniment comme ça. Si tu meurs au beau milieu de notre contrat, je fais comment moi ?

Et elle éclate de rire devant la violence de sa propre provocation. Elle s'adoucit pour murmurer :

— Tu comprends ?

— Si je meurs, tu me remplaceras.

— Ça c'est sûr. (Elle rit à nouveau puis, redondante) Je rigole !

Et c'est avec ce ton persifleur qu'elle finit par pousser la chemise en papier noire qui était posée devant elle et dans laquelle se trouve un avenant au contrat de Laura. Certes, son travail donne satisfaction, mais on ne peut plus faire abstraction totale du problème sanitaire qui est le sien. Non seulement Laura ne la rassure pas sur l'évolution médicale de sa maladie, mais elle a remarqué que les autres, les collègues, étaient indisposés par ce changement d'apparence permanent. Fabien, notamment, pense que c'est sa taille qui fait que Hiroyuki a exprimé le désir de l'avoir comme interlocutrice privilégiée sur les prochains supports. Il trouve à raison que la concurrence est déloyale, car quand elle est arrivée, elle n'avait pas cette allure-là ! Laura s'étonne : son allure perturbe la concurrence ? C'est bien ça ? « On sait tous bien que oui, répond Jeanne, ne soyons pas faux cul. Les femmes obèses trouvent moins de boulot que les femmes minces. Les hommes grands ont plus de chance de diriger que les hommes petits. Et toi, à 1 m 80 tu étais incontournable. On comprend Hiroyuki… » Laura murmure qu'elle n'était pas au courant de cette requête du directeur japonais, personne ne l'en a informée. Jeanne s'étonne : Pons ne le lui a pas dit ? Quel poids celui-là aussi… Il commence à se faire vieux… Il fait la gueule en permanence depuis quelque temps. Bref. Suite à sa venue, Hiroyuki a manifesté le désir de collaborer plus étroitement avec elle. Et outre le fait que l'influence croissante de Laura déstabilise la confiance en eux de Fabien et Patrick (surtout Patrick qu'elle n'arrive pas à rassurer sur sa part active dans les contrats signés), Jeanne ne peut se permettre de mettre en lien son client principal avec une « collaboratrice handicapée » qui a pris quinze centimètres depuis qu'il l'a rencontrée !

Alors voilà ce qu'elle propose. Laura terminera son contrat, mais avec 30 % de salaire en moins parce qu'il y a des missions qu'elle ne peut plus assurer. Elle compte mettre Pons progressivement au placard, ou tout du moins réduire sa tâche – elle est plutôt séduite par Maxime, le jeune stagiaire qui est super motivé et le remplacera à terme – mais en attendant, les deux seront ses interlocuteurs. Par ailleurs, Laura devra rendre des comptes plus réguliers à Fabien qui aura le *final cut*. Elle viendra travailler quotidiennement à Montius. Elle lui a réservé un bureau, le bleu (Laura sait qu'il est minuscule). Il n'a pas de fenêtre mais puisque Laura a les yeux rivés sur ses bouquins tout le temps, ça devrait aller. Du fait de sa taille, disons, problématique, elle ne participera plus aux réunions publiques. Elle pourra néanmoins assister, si nécessaire et quand on le lui demandera, aux réunions internes. Pour le reste, le travail demeure le même, rassembler dans la culture japonaise les éléments qui les aideront à se développer là-bas. Se tenir au courant des nouvelles publications et détecter les tendances pour les réintroduire dans la documentation.

Laura ressentait, évidemment, ces derniers temps, l'agacement de Jeanne et de Fabien à son égard, mais elle pensait que la patronne aurait l'intelligence d'étouffer ses bas instincts aux bénéfices de la cohésion et du développement du domaine qui compte tellement pour elle. Elle est presque plus déstabilisée par cet illogisme que par la série de phrases uppercuts que Jeanne vient de distribuer. Elle finit par murmurer :

— Je vous ai déjà fourni plus d'un an de matière et je ne veux pas travailler dans un bureau de 9 m^2, je ne veux pas réduire mon salaire sans réduire mon temps de travail, je ne veux pas être traitée comme une stagiaire… ou comme un monstre. J'ai assuré. Tu me l'as dit.

— Quand ?

— Avant ma semaine de vacances… Si c'est une façon de me virer, tu auras beaucoup de mal à me remplacer.

— Peut-être…

— Tu te rends compte que c'est terriblement injuste ?

— Oh… choupinette…

— Tu te rends compte que j'ai réussi ma mission, que j'ai assuré à toutes les étapes de notre collaboration, alors que c'était la première fois que je faisais ce genre de choses. Que j'ai travaillé beaucoup plus que stipulé dans mon contrat… Je continue ?

— Fais-toi plaisir.

— C'est par mon travail que j'ai conquis Hiroyuki !

— Il faut que tu soignes ton ego ma chérie... Tout le monde passe par des phases comme celle-là ! Je dois ménager mes mecs, moi. Moi aussi ça me chamboule ton truc... Tu touches le plafond maintenant, je veux bien être « polie », mais ça perturbe ! Tu plastronnes. En tout cas t'en as l'air. Et puis tu m'emmerdes ! Tu crois quoi, que c'est cohérent les patrons ? Pourquoi nous on serait cohérents alors que dans les livres dont tu nous rebats les oreilles, là, tu as un type, un Johnnie Walken, qui capture les chats, leur coupe la tête, leur mange le cœur et ensuite fabrique des flûtes avec leur âme ! Un autre qui veut épouser la sœur de celle qu'il aime pour pouvoir la voir tous les jours ! Une autre qui donne rendez-vous à son amant dans le tombeau de sa famille ! Un autre qui rend visite à un fantôme dans une chambre d'hôtel ! Et nous les patrons, on devrait être justes, et cohérents, et logiques, et exemplaires bla bla bla ! Merde !

C'est peut-être le « bla bla bla » si dédaigneusement prononcé, ou la bêtise crasse de sa supérieure et ses raccourcis stupides, si stupides que ça rend Laura impuissante à argumenter tant elle sait que l'autre folle ne recevra son plaidoyer qu'avec de grands yeux ricaneurs et las, son cul bien assis sur son trône de privilégié, fille de, qui ne sera jamais virée, elle, et qui peut donc laisser ses neurones dédiés aux rapports humains musarder mollement à la surface de son cerveau, et revendiquer ses « incohérences » comme un artiste tyran, puisqu'elle n'a pas sa vie à sauver, pas à survivre, pas à lutter en vérité, c'est peut-être tout cela qui fait monter la violence dans le grand corps infini de Laura. Grand corps qui se met à balancer ses bras sur les objets qu'il trouve autour de lui, pauvres choses inutiles qui se fracassent dans ce bureau sans âme ; et ses pieds viennent renverser ceux qui ne sont pas encore tombés de leur socle, et sa voix hurle on ne sait quoi. Toute sa rage. Toute sa tristesse. Toute sa frustration d'être ainsi entravée, encore, toujours, parce qu'elle est une femme plus grande que Jeanne, et alors, plus grande que ce pauvre et douloureux Pons, et alors, plus grande que ce roquet de Fabien cocaïné, et alors. Sa rage fait un boucan du tonnerre, un fracas constitué d'éclats de verre, de bois, de métal qui volent et s'écrasent aux quatre coins de la pièce... the « *sound of tsunami* », dirait Kondo.

La tornade laisse Jeanne physiquement indemne mais le capharnaüm autour impressionne. Les yeux de la patronne trahissent frayeur et jubilation. Si elle n'est pas morte c'est qu'elle peut continuer à jouer. Elle conclut, mâchoire paresseuse :

— Je vais prévenir le commissariat. Je crois que nous n'avons plus besoin de tes services, Laura. Soigne-toi, surtout... Je t'aime beaucoup.

Laura a roulé au hasard en direction de Bordeaux ; elle s'est perdue dans des méandres au milieu des vignes puis a échoué sur un terre-plein couvert d'herbes hautes et d'épines de pin qui bordait une forêt épaisse de cèdres et de chênes. Elle s'est dépliée pour sortir de sa voiture et, comme si l'opaque et puissante végétation était un bain chaud, elle y a pénétré, hébétée.

Elle marche dans la forêt.

Le sentier qu'elle suit, encombré d'herbes sauvages et de petites branches arrachées par les tempêtes, est étroit et boueux. L'éminente silhouette se heurte aux branches lourdes qui ploient. L'ombre est partout. La fraîcheur glace les os. Laura ne connaît pas cet endroit. Elle ne s'y est jamais promenée. Elle ne sait pas où cela mène ni jusqu'où la trouée s'enfonce. La géante s'en fout. Elle ne veut plus savoir où elle va. Elle désire simplement ensevelir sa honte. Honte de la violence qu'elle vient de libérer dans le bureau de Jeanne. Honte de perdre son travail. Honte d'avoir été quittée par son mari, fait l'amour à des inconnus, cru qu'elle pouvait posséder une partie du monde. Honte d'avoir profité de sa beauté. Elle a mal au ventre et mal au cœur. C'était mieux avant. Quand elle travaillait pour Paul, paisiblement. Quand ils s'aimaient. Quand elle lisait discrètement les romans japonais, qu'elle les trimballait en catimini dans sa tête, quand elle ne cherchait pas à démontrer, à en tirer de la fierté. Elle en veut à Kondo d'avoir fait naître en elle de l'ambition. C'est lui le responsable, elle en est sûre. L'absence de réponse à son courrier en est la preuve.

Elle marche. De hautes cimes l'enserrent, tel un mur épais. Quelque part, au-dessus de sa tête, un oiseau bat des ailes pour l'intimider. Elle s'en fout.

Paul ne cherche même pas à la joindre. Il a si totalement disparu de sa vie qu'elle mesure à quel point il était terrifié, en vérité, par son changement. L'expression douce qu'il a eue lors de leur explication était un exercice de politesse. S'il s'éloigne à ce point-là d'elle, avec qui il partageait tout, c'est que cette croissance est plus qu'une étrangeté, c'est une offense.

Les broussailles écorchent les mains de Laura qui marche encore, sans réduire la cadence. Elle marcherait jusqu'à l'épuisement. Elle voudrait s'évanouir et mourir doucement. La géante insolente.

Il y a bien des hommes qui mesurent autant. Il y a bien quelques femmes aussi ! Elle confond tout. Sa taille. Ses succès. Sa beauté révélée puis perdue. Car elle ne se trouve plus belle, bien sûr ; elle déborde trop. Laura est si secouée qu'elle ne sent pas les larmes dans sa gorge ni au bord de ses yeux, qu'elle sème tels des indices salés pour une brigade cynophile.

Soudain elle sursaute.

Au milieu du sentier, un amoncellement de gueules ouvertes lui bloque le passage. Ce sont des squelettes de silures, ces poissons immenses peu appréciés des pêcheurs qui ont dû les déverser là discrètement. Elle regarde alentour. Il y en a partout, comme les pendus dans la forêt des suicidés d'Aokigahara au pied du mont Fuji. Elle se sent soudain la proie de ces squelettes, prédateurs prêts à s'animer et à bondir. Terrorisée, elle regarde alentour et la seule issue envisageable est de quitter le sentier pour s'enfoncer un peu plus dans la futaie.

Elle est perdue désormais. Elle progresse en aveugle. L'obscurité est partout. Sauf, peut-être là-bas, où des rayons du soleil percent dru dans la muraille végétale. Elle hésite, puis choisit de s'y diriger.

Plus elle avance, plus la lumière gagne et les segments de soleil verticaux se multiplient. Ils l'attirent, c'est plus fort qu'elle, et à force de les suivre, c'est si inattendu qu'elle en rit : elle se retrouve sur une plage.

C'est une grande plage de branches mortes et de galets qui descend vers la Garonne. Ainsi, dans sa marche effrénée, elle n'a pas remarqué qu'elle se rapprochait du fleuve. La grève en pente conduit vers l'eau verte et vive. Elle regarde autour. Sur sa droite et sa gauche, l'horizon est dégagé. Face à elle, sur l'autre rive, la forêt-rempart reprend ses droits. La vision est si puissante que Laura se redresse. Et, ce faisant, elle s'aperçoit à quel point elle s'était voûtée, tout à l'heure, pour éviter les branchages. Petit à petit, le bruit du fleuve, régulier, la pénètre et la berce, et elle finit par penser « Que c'est beau ! »

La douceur soudaine de ce paysage, la lumière ouvragée, orange et jaune, les éclats de roux qui jaillissent de l'autre berge, tout l'apaise ici. Tout temporise. Rien ne l'observe ni ne la juge. Elle est essoufflée. Elle s'assoit sur une roche. Elle se souvient de *Moonlight Shadow*, cette nouvelle de Banana Yoshimoto dans laquelle Satsuki vient la nuit au bord du fleuve dans l'espoir de l'apparition du fantôme de son amoureux, mort accidenté. C'est là, près de l'eau, au bord d'une rivière large et fertile, que l'héroïne finit par trouver l'oubli et le chemin vers la renaissance.

Soudain, le téléphone de Laura tinte de plusieurs sonneries de messages comme s'il exultait de pouvoir enfin s'exprimer. Elle regarde : « Tel moi stp. Eliezer. » « T'es où ? » « J'ai envie de te voir. » « C'était bien, Paris ? »

JOURNAL

Flaubert écrit à la poétesse Louise Colet : « *J'aime par-dessus tout la phrase nerveuse, substantielle, claire, au muscle saillant, à la peau bistrée : j'aime les phrases mâles et non les phrases femelles comme celles de Lamartine [...] C'est à lui que nous devons tous les embêtements bleuâtres du lyrisme poitrinaire.* » Puis : « *Ta seconde faiblesse c'est le vague, la tendromanie féminine. Il ne faut pas quand on est arrivé à ton degré que le linge sente le lait [...] rentre, resserre, comprime les seins de ton cœur, qu'on y voie des muscles et non une glande. Toutes tes œuvres, jusqu'à présent, à la manière de Mélusine (femme par en haut et serpent par en bas), n'étaient belles que jusqu'à certaine place, et puis le reste traînait en replis mous.* »

Pour Flaubert, tout ce qui est du registre du féminin est discrédité. Écrire est un acte viril, avec pour seul but noble la recherche esthétique. La beauté à laquelle, selon lui, les femmes sont insensibles.

Marguerite Duras déclare à Pallota della Torre dans *La Passion suspendue* : « ... *depuis des millénaires, le silence c'est les femmes [...] il n'y a qu'une femme qui peut faire entendre le silence. Il y a un rapport intime et naturel qui depuis toujours lie la femme au silence et donc à la connaissance et à l'écoute de soi. Cela conduit son écriture à cette authenticité qui fait défaut à l'écriture masculine, dont la structure renvoie trop à des savoirs idéologiques, théoriques [...] Ce n'est que grâce à son homosexualité que Proust a pu, en étant projeté dans les méandres de la passion, en faire, en même temps, de la littérature. L'homme est trop lié au savoir, et donc au pouvoir, à l'autorité qui, en soi, ont peu de rapport avec l'écriture véritable.*

— *Vous exagérez un peu non ?*

— *Par écriture masculine, j'entends celle qui est trop alourdie par l'idée. Proust, Melville, Rousseau, n'ont pas de sexe.* »

Je retombe sur ces deux textes à quelques jours d'intervalle.

And the winner is... ?

ROMAN

Dans la pénombre de la chambre, le corps nu de Laura, diaphane et nématoïde, s'ouvre. Eliezer est attentionné. D'une tendresse presque prudente. Comme si chacun de ses gestes pouvait être un affront. Il murmure « Dis-moi si tu veux plus de grossièreté. » Mais Laura ne veut pas. Elle veut de l'oubli. Et la main du jeune homme sur sa peau suffit à l'éloigner d'elle-même. Eliezer parle encore un peu, questionne. « Tu es belle. Tu le sais que tu es belle. Tu l'as toujours été. Dès que je t'ai rencontrée je te l'ai dit. Je l'ai vu. Rien ne change. Mon désir en tout cas, il était là. Il l'est encore. Rien ne change. » Mais Laura ne répond à rien. Elle ne répond qu'avec sa main qui guide, son corps qui indique. Alors le jeune homme finit par se taire, et il se laisse aller, lui aussi, à cette étreinte qu'il sait fragile, peut-être éphémère. Laura ne cédera sans doute pas toujours ainsi. Elle le lui a dit tout à l'heure. Elle lui a dit ça.

— Entre.
— Merci…

— Moi aussi j'ai envie de te voir.
— Cool.
— Tu es le seul que j'ai envie de voir.
— …
— Je ne veux plus voir personne.
— Mais… et ton boulot ?
— Je suis virée.
— Putain, les chiens. Ils ont pas le droit. Moi je m'occupe de porter plainte si tu veux. On n'est pas des pions, putain. C'est quoi ? C'est ta taille qui les emmerde ? Ils t'ont félicitée pour tes résultats et ils te virent ?

Sa voix siffle comme la lame d'un lanceur de couteaux.

— Eliezer !
— …
— Regarde-moi. Regarde-moi. Je mesure presque 2 mètres. Je… je vais sans doute en crever. Personne ne sait quoi faire de moi. Ni eux ni personne.
— Moi je sais.
— … ?
— Je vais te photographier. Je t'ai photographiée déjà. Je veux continuer. Je veux t'exposer. Je veux…
— Stop. Viens. Dans ma chambre. Viens.
— …
— On va fermer les volets. Viens.

Eliezer pressent que les volets resteront fermés encore longtemps. Il a vécu l'exil enfant. Il sait que le drame peut frapper. Souvent, le vendredi soir, il met les *tefillins* et le *talit* et il fait la prière. Pour qu'il n'y ait plus de génocides. Plus d'exils forcés. Plus d'esclavage. Mais il sait, dans sa chair, que le drame n'est pas un épouvantail qu'on brandit dans les conversations indignées. Les drames ont lieu. L'exclusion a lieu. On se noie, vraiment, en Méditerranée. On tue, vraiment, des juifs à bout portant dans un supermarché. On massacre, vraiment, à la machette, des Tutsis terrorisés. Et s'il a en lui une joie, une force de création, une foi qui l'emporte, il ne minimise pas l'inquiétude de Laura. Il sait qu'elle est fondée. On la rejettera. On l'exclura. Sans doute.

Alors il la possède avec d'autant plus de fougue et de nécessité. Il l'empoigne et la couve. Il la laisse venir sur lui quand tout à coup elle cherche son propre plaisir, de façon effrénée. Il se met dans son dos pour la pénétrer. Tout à l'heure, elle le prendra dans sa bouche. Et quand elle l'entoure complètement de ses bras, c'est comme un vent chaud qui traîne dans la pièce ; il ne rougit pas du bien-être que cela crée.

Laura s'est endormie d'un sommeil profond. Une odeur douceâtre et laiteuse se répand et enivre. La respiration de la jeune femme, irrégulière, témoigne de son épuisement, de ses tourments. Eliezer la regarde. Sa jambe nue, blanche et lisse, s'échappe du drap bleu, déborde du lit, et s'affaisse vers le sol. Son long cou se brise en angle droit, oreille contre épaule. Ses seins toujours opulents, dernières traces de son corps révolu, exaltent cette langueur qui rend la géante plus animale encore. Plus irréelle.

Alors il ne peut pas s'en empêcher. Il saisit son appareil photo et, variant les cadres, les optiques, la lumière même, qu'il travaille en Sioux, silencieusement, glissant d'un point à l'autre de la pièce pour ruser et contrarier les sources, sans que Laura, trop fourbue, s'en rende compte, il la photographie. Dès que la longue carcasse abandonnée aux songes modifie sa posture, il shoote. Dès que son expression change, il shoote. Dès qu'une ombre vagabonde, différente, il shoote. C'est seulement une heure plus tard, quand le premier soleil filtre au travers des volets, que la jeune femme entrouvre les yeux et le voit, là, son appareil au poing. Eliezer, calme, demande « Tu m'autorises ? » Engourdie, elle répond « Vas-y… »

Mais les cliquetis ne reprennent pas. Le travail est déjà fait.

Au petit matin, une brume indolente a stagné sur la vallée ; Laura a fermé la porte derrière Eliezer.

Depuis, elle ne sort plus, et ne voit plus personne. On lui dépose ses courses devant chez elle. Toutes ses démarches administratives sont faites par Internet. Elle vit rideaux fermés, les voilages blancs ne s'ouvrent qu'à la fin de la journée quand Laura, par tradition, aère en grand, et laisse le froid purifier son antre.

Jeanne n'a pas porté plainte. Magnanime, elle a concédé une rupture conventionnelle à Laura, ce qui lui donne quelques mois d'indemnités. Paul, mis au courant, lui verse également quelques centaines d'euros qui lui permettent de boucler le mois.

La géante passe son temps à lire pour ne pas penser. Elle s'est embarquée dans la lecture des premiers romans japonais de l'histoire. Ils datent des Xe et XIe siècles et ont la particularité d'avoir été écrits le plus souvent par des femmes, des dames de cour, qui s'étaient emparées d'une écriture syllabique pour traduire phonétiquement leur langue et consigner les fables qu'elles se racontaient pour se distraire. Laura s'émerveille d'apprendre que cette langue parlée est devenue le japonais littéraire classique. Ces textes fondateurs, pourtant fréquemment évoqués par les romanciers qu'elle adore, n'avaient jamais été ouverts par la jeune femme, découragée par leur densité. *Le Dit du Genji*, par exemple, de Murasaki Shikibu, fait deux mille pages ! Il relate la vie d'un jeune prince séduisant, amoureux des femmes, qui tente d'en façonner une à l'image de ses rêves. Des fantômes et des prédictions ponctuent le récit mais Laura admire davantage encore la prodigieuse finesse psychologique de la romancière. L'histoire lui rappelle *Un amour insensé* de Tanizaki, lu plusieurs fois, et qui est l'un de ses textes préférés. Elle enchaînera avec Izumi Shikibu et *Le Journal de Sarashina*. On parle de chefs-d'œuvre. Elle n'a plus que cela à faire. Lire des chefs-d'œuvre.

Elle échange avec Mathias, régulièrement, par téléphone. Son frère est doux et protecteur. Il semble soulagé quand Laura lui assure qu'elle préfère ne pas le voir. Elle sait désormais que sa taille, 2 m 03, donne une sensation d'écrasement qu'elle veut épargner à ceux qu'elle aime. Mathias peut se souvenir d'elle telle qu'il l'a connue et, fort de cette représentation mentale, il continue à la couver.

Eliezer est le seul à qui elle a ouvert sa porte, deux fois. La première c'était pour l'autoriser à faire de nouveaux clichés. Non qu'elle ait envie de ces photographies, elles l'écœurent même plutôt, mais son découragement est tel, sa certitude d'une mort prochaine aussi, qu'elle s'en fout. Si Eliezer voit le moindre intérêt à photographier ce qu'elle appelle « sa monstruosité », pourquoi pas. Autant rendre service une dernière fois avant de disparaître. Le jeune homme lui a expliqué qu'il ne s'agit pas de monstruosité à ses yeux, mais plutôt d'épanouissement, d'agrandissement. Il aimerait que chacun s'aperçoive de l'émotion que devrait procurer quelqu'un qui se déploie comme elle. À quel point c'est beau et sans danger. Il aimerait, par l'émotion procurée par ses photos, que la beauté l'emporte sur la peur. Que la joie l'emporte sur la menace. Il envisage une exposition – le lui permet-elle ? Sa grande victoire serait que beaucoup d'hommes viennent, et constatent avec lui à quel point la grandeur de Laura est une chance pour l'esthétique et le désir, et non l'inverse. Ainsi, nos enfants n'auront pas besoin de la poupée gonflable du sculpteur japonais dont elle lui a parlé ! Sait-elle d'ailleurs que Sugimoto est avant tout photographe ? Eliezer a découvert sa série des *Seascapes*, troublante ; mer et ciel se confondent et on dirait que l'artiste-magicien a capté la lenteur et l'incertitude. Pour faire sourire Laura, le jeune homme a ajouté que grâce à elle, il a détecté son côté nippon. Il passe d'abord par l'image, l'esthétique, le vide. Les mots et la pensée viennent ensuite.

Laura était pleine d'une colère rentrée, provoquée par les propos naïfs du jeune homme sur la tolérance des humains. C'est ce courroux qu'il a finalement photographié, sans comprendre qu'il l'avait, lui, provoqué.

La deuxième fois, Eliezer est venu pour lui annoncer que la date de l'exposition était fixée dans un mois, juste après les fêtes, et qu'il y avait déjà un engouement prodigieux. L'incrédulité alliée à la force de son concept attire de nombreux pontes du monde de l'art. Il était survolté, sûr de toucher à son rêve, car les photos sont réussies, il n'en doute pas. Mais, dans son élégance sans pareille, il a redit à Laura qu'il suffisait d'un mot d'elle pour qu'il arrête tout. Il a déclaré qu'il était encore fou de désir pour elle. Fou d'amour même. Et que son bien-être lui importait plus que tout. Il a même confié qu'il avait le secret espoir que Laura, en voyant les photos, prendrait conscience de ce qu'elle est devenue. Il rêve plus que tout de sa présence le jour du vernissage.

Laura a souri. Elle était persuadée de son talent. (N'avait-il pas fait les plus belles photos d'elle alors qu'elle était encore petite et ronde ?) Et elle était heureuse qu'il puisse approcher son rêve. Mais elle ne viendra pas. Elle ne viendra pas car elle pense que si l'intention de l'artiste est bonne, le public, lui, sera conforté dans ce qu'il est déjà et ne ressentira que peur ou curiosité. Eliezer s'est insurgé ! Les choses changent. La façon de regarder change. Beaucoup de jeunes vont venir. Des critiques d'art qui ont à peine 20 ans se sont mis sur la liste. Elle verra, elle sera surprise. Même les vieux changent, d'ailleurs, au contact des jeunes. Laura répète fermement qu'elle ne verra rien. Les jeunes, les vieux, ont en commun d'être des humains qui, eux, n'ont pas changé depuis qu'ils sont *sapiens sapiens*. Tout est « bulles de savon », écrit Mishima. Laura ne viendra pas. Elle ne s'oppose pas à son exposition, mais il est hors de question qu'elle se montre. Ce temps est terminé.

L'expression était si cassante que le jeune homme a baissé les yeux. Il l'a embrassée, il l'a remerciée.

Il est parti.

Depuis, Laura a réduit les portions de ses repas.

Elle ne mange plus qu'une fois par jour. Elle modère également sa consommation d'eau. Elle laisse la vie se retirer doucement.

JOURNAL

Je n'en ai pas fini avec mes anges. Il y en a un, encore, qui a compté. Le plus récent.

Notre petit trio familial déjeunait à la brasserie du centre. Samuel était revenu de son Erasmus pour quelques jours, nous voulions en profiter. Il avait alors 20 ans.

Un homme s'était installé à la table perpendiculaire à la nôtre dans le dos de Jean-Pierre et face à Samuel et moi. Régulièrement, il me regardait avec fixité, et un léger sourire troublant que je jugeais impudent et malvenu. Une fois de plus, quelque chose d'égaré, de marginal se dégageait de lui, mais cela n'excusait rien.

C'est Jean-Pierre qui, sentant sa présence insistante dans son dos, se retourna pour lancer un « Bonjour ! » convivial. (Il n'avait pas pu voir les regards appuyés.) Le type le salua à son tour et s'engouffra dans la brèche pour m'interpeller « Je vous regarde, hein ? Pardon… Je vous regarde depuis tout à l'heure. Moi aussi je suis métis comme vous. » (Il ne me laisse pas le temps de dire que je ne le suis pas.) « Mais surtout je le regarde lui » (il montre Samuel). « Je le regarde parce qu'il ressemble à mon fils Guillaume. (Samuel me confirmera qu'il ne le quittait pas des yeux non plus durant la première partie du repas.) Il lui ressemble vraiment beaucoup. Les cheveux c'est ça, un peu plus courts mais sinon c'est exactement ça, on dirait mon fils. Il vit en province, ça se passe très bien pour lui. Je vous écoutais, vous parlez de foot. Moi aussi je parle de foot avec lui, là tout de suite, on faisait des textos sur le foot. (Je ne sais pas si c'est vrai je ne l'ai pas particulièrement vu écrire des textos.) J'ai deux fils, nous dit-il. On a deux fils. On les a élevés bien, ils sont différents, mais lui (il montre mon fils), il ressemble à Guillaume. » Jean-Pierre dit « Il s'appelle Samuel. »

Alors, quelque chose d'étrange se passe chez l'homme. Il s'arrête de parler et il répète : Samuel…

Et soudain, il plante ses yeux dans ceux de mon fils et se met à s'adresser à lui exclusivement. Un long monologue « Écoute-moi bien Samuel, tu m'écoutes ? Ce que je vais te dire, je te parle comme à mon fils, tu entends, comme à mon fils. Sois ce que tu as envie d'être. Va vers ce pour quoi tu es fait. N'écoute pas ceux qui veulent t'en empêcher. Sois respectueux, ça oui, très respectueux, mais c'est ton but qui compte. Beaucoup vont vouloir s'accrocher à toi. Pour te retenir, ou pour profiter de ton énergie.

Ne t'encombre pas. Si tu as 10 euros, tu leur donnes, mais tu leur dis, gentiment tu leur dis, "je ne peux pas m'occuper d'autre chose, j'ai à faire". Attention, tu ne les écrases pas. Tu respectes ces 10 euros que tu leur as donnés. Parce que c'est important ces dix euros. Et eux aussi ils sont importants, mais le plus important c'est ton but. C'est ça qui compte. Rien ne doit t'empêcher. »

Il soliloque autour de ce thème qu'il décline dans un langage assez clair. Je suis prête à bondir au cas où il affirmerait quelque chose que je réprouverais, mais ce n'est pas le cas. C'est même cohérent et très recevable. Il s'agit beaucoup de confiance. D'avoir confiance. De ne pas se laisser déstabiliser par les arrogants. De ne pas avoir honte de son rayonnement.

Jean-Pierre, moins au fait que Samuel et moi de ces rencontres décalées, essaie d'intervenir et de ponctuer la discussion, comme on le ferait pour une conversation normale, mais l'homme ne l'écoute pas. Il ne rebondit sur rien. Il finit même par lui dire assez sèchement « Non, je parle à lui, c'est à lui que je parle, vous c'est pas ça, c'est lui. Comme à mon fils. »

Après la salve de conseils il vérifie « Tu as compris, hein ? » Samuel sourit et dit qu'il a très bien compris.

Le plus étonnant arrive maintenant. Le plus bouleversant. À la façon du « Si tu penses à moi, merci » de l'homme du New Morning. L'homme qui parlait « comme à son fils » dit :

— Tu as compris, hein ? Alors, écoute-moi, écoute-moi bien. Un jour, plus tard, bien plus tard, tu auras atteint ton but, tu me croiseras dans la rue. Je serai au passage piéton. Je serai vieux. Tu me prendras le bras et tu m'aideras à traverser. Tu me diras « Je sais qui vous êtes, je me souviens de vous. Je vous ai reconnu. » Et tu m'amèneras de l'autre côté de la rue.

Samuel acquiesce, ému. Comme il y a un silence, Jean-Pierre, toujours émotif, s'emploie à ne pas laisser ce temps vide. Il questionne « Vous avez des photos de votre fils ? » L'homme s'étonne « Comment ça ? » « Vous dites qu'il ressemble à Samuel, alors peut-être que vous avez des photos dans votre téléphone. » Mais l'homme dit que non. Il n'a pas de photos dans son téléphone. Il a des photos ailleurs mais pas dans son téléphone.

Je ne suis pas mystique. Je n'écris jamais sur le surnaturel. Il n'y a pas plus pragmatique que moi. L'intime, le rapport interdépendant de nos vies, nos luttes intérieures chaotiques, l'art de naviguer dans un monde donné, c'est mon terrain de jeu. Je ne crois pas au sens systématique des choses. Je crois au désordre. Certains événements frappent nos vies dans la plus indécente gratuité, sans jamais trouver de sens précis. D'autres trouvent un sens immédiatement. D'autres en trouveront plus tard, peut-être. Cette manie de chercher un ordre partout, en toute chose, m'irrite. Un ordre même ignoré. Je n'aime pas, donc, l'idée d'un Dieu. Elle est source d'angoisse pour moi. Si tout a un sens, même invisible, cela veut dire qu'une entité nomme ce sens, le détermine. Cette autorité possible m'oppresse. J'aime l'idée de l'incohérence et de l'inconnu. J'aime m'étonner de ces anges-fantômes, esprits revenus du royaume des morts ou que sais-je, sans chercher davantage à organiser ce qui est vécu. Je constate. Voilà tout. Je m'émerveille.

Dans la nouvelle *Dans le fourré* d'Akutagawa, un brigand est accusé d'avoir violé une femme devant son mari, retrouvé mort. L'écrivain donne la parole aux trois protagonistes : le brigand certifie que c'est lui qui a tué le mari, sous les ordres de la femme qu'il vient d'humilier. La femme jure que c'est elle qui a tué son mari, ne pouvant supporter son regard de mépris après le viol subi. Le mari, d'outre-tombe, déclare que c'est lui qui s'est tué tout seul après avoir vu sa femme partir avec le brigand. On ne saura jamais ce qui s'est passé exactement, la culpabilité est diffuse et le sens échappe cruellement. Cette nouvelle me laisse perplexe, sans solution, et finalement admirative, car c'est exactement l'état qui est le mien, le plus souvent : la suspension.

Si j'en crois le cours sinueux de ma pensée qui me conduit, dans ces notes, d'Andreï Makine à mes fantômes, je n'ai pas réussi à trouver plus de vérité, de cohérence, dans cet épisode *Grande Librairie* qu'il n'y en a dans cette nouvelle d'Akutagawa. Andreï

Makine, s'il s'en souvient, le raconterait sans doute autrement. J'ai beau explorer notre rencontre, rien ne s'organise vraiment, et j'aime bien, finalement, sa noble gratuité. Ce qui m'est arrivé ce soir-là ne sert à rien, sinon peut-être à me faire grandir encore, ce qui est déjà pas mal. Car rien ne m'obsède plus que ça, tout compte fait, creuser, progresser, aller chercher l'angle mort de nos liens, de nos disciplines, pour apprendre encore. *L'art est long et le temps est court.* Il presse. Je vieillis, oui. Je me dépêche. Et je bouffe à tous les râteliers pour laper ma soupe et continuer de grandir, n'en déplaise à ceux qui se sont arrêtés. Ainsi, avec quelques centimètres virtuels de plus, je peux regarder par-delà le mur de la première interprétation de cette rencontre, trop militante pour me plaire, et apercevoir la brume derrière. Une brume dans laquelle des silhouettes masculines et féminines, samouraïs modernes, éduqués ou sauvages, aux muscles élastiques et acérés, en liberté, se cherchent, se battent, se baisent, s'étreignent, se reposent, se protègent l'un l'autre parfois, sans savoir s'il émergera demain quelque chose de beau et d'équitable de cette tumultueuse chorégraphie.

ROMAN

Chère Laura,

Ne m'en veuillez pas.

J'ai tardé à vous répondre mais vous comprendrez que, d'une part, mon emploi du temps est serré, et, d'autre part, votre courrier était particulièrement déroutant. Ma traductrice française, que vous avez rencontrée, me l'a pourtant restitué sans moquerie, mais j'avoue que j'ai cru un instant soit à une farce, soit à un déraillement.

À l'heure où je vous écris, d'ailleurs, je n'ai pas de certitude. Mais je dois à la vérité de dire que votre lettre m'a hanté. Alors que je croyais l'avoir classée dans ma boîte à lecteurs dérangés, elle revenait frapper mon esprit très régulièrement. Le souvenir des photos que vous avez jointes au courrier, surtout, m'a poursuivi. Certes, elles pouvaient être trafiquées, mais je peinais à vous imaginer devant un ordinateur et un logiciel Photoshop à métamorphoser votre apparence. Vos termes « jeter un sort », « depuis votre passage », « d'où vient que je sois capable à ce point », me préoccupaient.

J'ai donc relu votre missive et, disons, par un miracle que je ne saurais expliquer, – sans doute parce que je suis le fruit de mille lectures « fabuleuses », où les frontières du réel et de l'extraordinaire se confondent sans cesse – je vous ai crue. Et à l'heure où je rédige ces mots, je n'ai plus l'ombre d'un doute : vous êtes devenue une géante.

Dans notre culture, il y a peu de géantes. Nous avons des yōkai *– des « esprits » diriez-vous – tels Kitsune, un renard à neuf queues, Noppera Bō, un monstre sans visage, Nure Onna, une femme serpent géante, ou même le Nuppeppō, une boule de graisse qui procure la jeunesse éternelle, et bien sûr Ashinaga-tenaga, notre binôme yōkai, dont l'un a de très longues jambes, et l'autre de très longs bras. Mais, à part peut-être Amaterasu, notre déesse du soleil, que nous représentons souvent comme une géante, je ne vois pas chez nous de simples femmes à taille démesurée. Je n'ai donc pas trouvé dans ma civilisation de quoi apaiser et comprendre ce qui vous arrive. J'ai sondé les autres cultures : les mythes nordiques ont la géante Angrboda qu'on appelle aussi « la vieille » et qui a les cheveux rouges de sang séché ; les Grecs ont Gaïa, déesse primordiale qui, excusez-la du peu, engendra les douze Titans dont l'infanticide Chronos. J'en ai identifié de nombreuses autres, mais toutes sont extravagantes ou dévastatrices, dieux ou démons, et ne répondent en rien à la simplicité de votre lettre.*

Chère Laura, c'est dans votre poésie française que j'ai trouvé notre fortune. Plus précisément chez l'odieux et génial Baudelaire. Alors permettez-moi de faire comme notre géant à nous, Tanizaki, qui glisse de la poésie dans sa prose, et de vous rapporter ce sonnet in extenso *:*

Du temps que la Nature en sa verve puissante
Concevait chaque jour des enfants monstrueux,
J'eusse aimé vivre auprès d'une jeune géante,
Comme aux pieds d'une reine un chat voluptueux.

J'eusse aimé voir son corps fleurir avec son âme
Et grandir librement dans ses terribles jeux ;
Deviner si son cœur couve une sombre flamme
Aux humides brouillards qui nagent dans ses yeux ;

Parcourir à loisir ses magnifiques formes ;
Ramper sur le versant de ses genoux énormes,
Et parfois en été, quand les soleils malsains,

Lasse, la font s'étendre à travers la campagne,
Dormir nonchalamment à l'ombre de ses seins,
Comme un hameau paisible au pied d'une montagne.

Chère Laura, vous êtes cette géante que le narrateur appelle de ses vœux. Il la désire. Elle ne l'impressionne pas. Il trouve même la paix auprès d'elle. Aussi puissante que la nature, elle n'est pourtant pas une menace. Très ordinaire, elle peut pleurer ou jouer de terribles jeux. Alors, plus que jamais, pour ne pas faire offense au narrateur de ce poème, ou à moi, ou à tous ceux qui comme nous souhaitent rencontrer des géantes, vous devez, très simplement, vous montrer au monde dans votre plus honnête dimension. Sans commentaire. Sans excuse.

Puisqu'il semble que j'aie du pouvoir (!) je vous jette le sort, non pas de revenir à votre taille initiale, mais de cesser votre croissance physique, pour mettre votre énergie à ce qui vous anime, votre compétence, vos amours, et, comme disent les vœux dont je chéris la banalité : « Tout ce que vous désirez... »

Chère Laura, tenez-moi au courant.

Je vous promets de ne plus tarder à vous répondre.

Takumi Kondo

Faiblement assise sur son lit, Laura mesure 2 m 14 quand elle lit cette lettre. La feuille tremble au bout de ses doigts qui peinent à la tenir, tant la jeune femme est exsangue depuis qu'elle ne s'alimente plus. Ces mots, peut-être parce qu'ils viennent d'un écrivain et, par citation, d'un immense poète, la pénètrent comme une sonde nourricière. Elle se redresse. Elle la relit. Plusieurs fois. Elle l'articule même, à voix haute « *je vous jette le sort, non pas de revenir à votre taille initiale, mais de cesser votre croissance physique, pour mettre votre énergie à ce qui vous anime, votre compétence, vos amours et, comme disent les vœux dont je chéris la banalité "tout ce que vous désirez..."* » Et plus elle lit, plus elle tremble. Plus elle lit, plus elle a faim ! Et soif. Du vin, oui, c'est ce qu'elle veut soudainement. Boire et manger. Ouvrir la meilleure bouteille de chez Montius, faire du cassoulet, croquer dans du chocolat aux noisettes. « *Chère Laura, vous êtes cette géante que le narrateur appelle de ses vœux. Il la désire. Elle ne l'impressionne pas. Elle n'est pas une menace. Il trouve même la paix auprès d'elle (…) Alors, plus que jamais, pour ne pas faire offense au narrateur de ce poème, ou à moi, ou à tous ceux qui comme nous souhaitent rencontrer des géantes, vous devez, très simplement, vous montrer au monde dans votre plus honnête dimension. Sans commentaire. Sans excuse.* » Cela vaut bien un grand cru millésimé !

Laura se lève, étire son corps majestueux et endolori et, au bord du vertige, elle sort de sa chambre, elle met la radio, et elle danse. Elle danse, la lettre au bout de ses doigts passe au-dessus de sa tête en moulinets gracieux, au gré de la chorégraphie improvisée. Anémiée, elle est tout près de s'écrouler, alors elle se soutient au secrétaire laqué noir, et elle souffle. Un énorme souffle qui la ramène au monde.

Quelques jours plus tard, le livreur s'arrête devant la maison pour déposer un grand rouleau de soie noire enveloppé dans du papier kraft.

Un petit rouleau de dentelle dorée.

Un grand rouleau de satin rose.

Des rubans, bleus à liserés fleuris.

De grandes bandes de velours parme.

Un grand rouleau de *sashiko* brodé.

Et une machine à coudre.

JOURNAL

Ce matin, la lumière entre par la fenêtre et rebondit sur l'écran de mon ordinateur qui me renvoie mon reflet fatigué. J'ai ouvert un dossier que j'appelle « Roman ». Je ne sais pas encore vraiment ce que je vais y mettre, mais il me semble que quelque chose affleure. Même si je ne suis pas certaine que mon texte à venir soit en germe dans les notes de ce journal, je les relis comme on le ferait d'une prière : Makine m'incite à écrire sur la vieillesse. Moi qui préfère regarder les femmes qui dansent, luttent, se déploient. Mes rêveries sur les hommes puis sur les anges... Où tout cela peut-il bien me conduire ? J'ai cette sensation d'épuisement, de terreur, de puissance, de vanité, qui précède l'écriture. Souvent on se demande où on trouve la force.

Je me fais un café. Je tiens la porte du frigo avec mon genou pour attraper la bouteille de lait. L'esprit buissonnier, je m'interroge sur les secrets du désir de créer. Ce qui me pousse à écrire encore.

Je pense à F. Mon fantôme.

Alors que j'étais une jeune femme sans grande confiance, il m'enjoignait d'écrire. « Écris, chaque jour. Écris, sans te soucier de ce que deviendront tes textes. Écris, tu verras bien. » S'il a malmené souvent l'amoureuse que j'étais, il a été essentiel dans l'accès à ma création. En ces temps féministes, je culpabilise presque de l'avouer, mais je m'absous en me remémorant tous les créateurs qui ont dans leur ombre une femme qui les a influencés et stimulés. L'émulation n'a pas de sexe. C'est une histoire d'amour. Jean-Pierre et moi nous stimulons aussi l'un l'autre.

Je pense à F., le facétieux, et à ses visites *post mortem*. Finalement, en se glissant dans telle ou telle enveloppe humaine, croisée au hasard, il continue le job, et communique avec notre fils et moi pour nous revigorer, nous tenir en éveil. J'aime cette version, la seule lisible, à dire vrai, de ces rencontres singulières, extraordinaires.

Et soudain.

Soudain, une hypothèse vient chatouiller mon vagabondage.

Et si.

Et si c'était lui ? Et s'il avait squatté Makine ?!

Voilà des mois que je tourne autour de cette discussion, sans savoir pourquoi elle me fascine autant, en me laissant guider par ses harmoniques et les champs qu'elle ouvre. J'ai envisagé beaucoup de choses, mais pas ça ! Pourtant, le rapprochement est assez simple. F., que j'appelle « l'homme slave » dans *N'oublie pas les oiseaux*, ou même souvent « le Russe », puisque ce sont ses origines, avec ses yeux bleus et sa voix grave, est évidemment frère d'homme du charismatique Makine. Il serait judicieux que son fantôme le choisisse pour véhicule afin d'être reconnu ! Je revisite notre discussion : « Ce qui est tragique, c'est que vous êtes très belle, et que vous allez vieillir. » Soit. Le séducteur que F. était aurait fait le compliment ; peut-être pas la provocation. Mais la suite est troublante : « On s'est déjà rencontrés, non ? Je suis sûr qu'on s'est rencontrés ! » Puis le très inattendu : « On n'oublie pas une femme comme vous… » Puis, à mon argument sur mon absence de beauté quand j'étais jeune « Je ne vous crois pas. Je sais que ce n'est pas vrai », comme s'il me connaissait déjà. Et force est d'avouer que F. avait été un des rares – le seul ? –, dans mes jeunes années, à me formuler ce compliment. Je le raconte aussi dans mon troisième opus. Je continue de lister : « Écrivez là-dessus. Écrivez. » Écrire, c'était la litanie de l'homme slave. Et il lui arrivait fréquemment de tenter de me pousser vers certains sujets, auxquels je n'adhérais jamais d'ailleurs ! Belle ironie. Les signes secondaires viennent nourrir ma folle hypothèse : *Le Voyage de la femme qui ne voulait pas vieillir*, et son motif du deuil et de la trahison, « l'Amour » comme troisième voie (F. était très attaché à sa part chrétienne)… Et pas de demande d'échange de coordonnées non plus qui appauvrirait le moment et le rangerait dans le registre commun de la séduction. F. n'a pas besoin de mon 06 pour me contacter !

Je me gausse. L'idée me plaît. Ce n'est pas Makine qui m'a parlé ce jour-là. Je n'ai jamais rencontré Makine avant. Je m'en souviendrais. C'est F. Le Russe. Le farceur. Le truculent. Il est venu me rendre visite le jour de *La Grande Librairie*, alors que j'honorais ce qu'il m'avait toujours enjoint de faire dans mes jeunes années : écrire.

Ma divagation se calme. Je reviens à mon ordinateur sans plus vraiment me soucier de qui m'a donné l'impulsion.

Elle est là.

ROMAN

La galeriste Marlène Varois est une septuagénaire blonde, d'une blondeur choisie, ostensible et hollywoodienne. Elle assume son genre jusqu'à la dernière perle de son collier ; on devine derrière sa sophistication l'enfant-fille qu'elle a été. Sa robe à manches fines laisse entrevoir des épaules déterminées qui n'ont pas dit leur dernier mot. Son visage, malgré une peau froissée autour des yeux et de la bouche, nargue le temps qui passe avec une expression juvénile et enthousiaste.

Pour l'exposition d'Eliezer, il a fallu louer des locaux plus grands. Le succès annoncé est tel que la galeriste a choisi de faire l'installation dans une grange à tabac à la périphérie de Marmande. La structure boisée de la vieille sécheuse, le béton ciré des sols, la hauteur sous plafond, (certaines photos sont tirées en format 2 m x 1 m), la largeur des travées, artificiellement créées par les photos suspendues à des câbles, seront des atouts pour amplifier le rayonnement et la puissance des œuvres. La septuagénaire a accompagné Eliezer dans la mise en scène de l'accrochage ainsi que dans le choix du titre : « Eliezer Ilona, *Les Géantes* ». Elle lui a suggéré le pluriel quand le photographe a insisté sur le fait qu'il ne voulait pas que la visite soit chronologique. La chronologie soulignerait l'anomalie. Elle ferait de la taille de Laura le centre de l'exposition, alors qu'il souhaite signifier que Laura portait déjà sa grandeur, même quand elle était de petite taille. L'émotion et la pureté, la beauté, la force, la démesure, étaient déjà là. Il fallait savoir les déceler. Il fallait que Laura accepte de les livrer. Soit autorisée à les livrer. « Alors, a assené Marlène avec fougue, s'il y avait déjà de la grandeur en Laura avant, c'est qu'il y en a en beaucoup de femmes. Il faut le pluriel. Il faut appeler l'exposition *Les Géantes.* »

Le jeune homme souhaitait par ailleurs qu'un soin particulier soit porté à l'éclairage du lieu. Certes, la lumière est au cœur de son parti pris au moment de la prise de vue, variation délicate des faisceaux et contrastes, refus du réalisme froid façon « reportage » (les clichés effectués à l'intérieur ont un caractère presque « studio »), mais il ne voudrait pas que son effort soit annihilé par une mauvaise implantation. À aucun endroit les clichés ne devront paraître menaçants. Marlène, qui a officié à la régie d'un théâtre dans ses jeunes années, a fait un très beau travail. L'intensité, l'orientation des projecteurs ont été soigneusement étudiées pour favoriser la douceur. Elle a passé des heures à choisir les gélatines et les filtres, puis n'a pas hésité à tirer des câbles et monter aux échelles pour seconder son régisseur stagiaire. Très consciente du trésor que lui confie Eliezer, elle n'a pas envie de le décevoir. Le résultat est là.

Les réservations ont afflué de toutes parts. Le domaine de Montius a tenu à être partenaire de l'événement en offrant le cocktail qui l'accompagne et, malgré les hauts cris du photographe, Marlène a accepté. « Nous ne pouvons pas porter de jugement moral sur leur comportement. Chacun fait comme il peut avec l'extra-ordinaire. » De surcroît, elle connaît bien le père de Jeanne qu'elle aime beaucoup. Et il n'y a pas meilleur vin que le leur.

L'absence de Laura au vernissage a été divulguée aux médias. La jeune femme ne sort plus de chez elle et ne répond à aucune sollicitation. Cette ombre claquemurée à quelques kilomètres d'ici participe sans doute de la curiosité de la foule annoncée.

Alors que l'heure d'ouverture approche, Eliezer, dans son beau costume en lin, a plus que le trac. Il a peur. Sa vie professionnelle se joue ici, mais sa vie d'homme également. Si l'effet voulu de l'exposition est raté, s'il crée un attroupement malsain plutôt qu'une émotion en communion, une ouverture vers l'autre, il aura une sensation d'échec que sa jeunesse intègre ne supporterait pas. Néanmoins, il ne peut nier qu'il est grisé par l'importance de ce qu'il a créé, et se félicite de l'opportunisme dont il a su faire preuve. Il est triste et inquiet de l'absence de Laura, mais il pense que c'est mieux, finalement : la photographie poétise et magnifie, donne à voir le singulier. La réalité est plus brutale. Il est préférable que le public fasse connaissance plus tard avec elle, quand il l'aura vue représentée d'abord et se sera habitué.

Les portes s'ouvrent. Accueilli par Marlène qui indique le sens de la visite, le public s'engouffre dans le lieu vite rempli.

Les photos sidèrent, assomment presque. C'est stupéfiant. Tant par la qualité des œuvres que par le phénomène photographié, qui défie toutes les rationalités. Ceux qui n'ont pas connu Laura profitent davantage de l'aspect artistique de l'exposition. La jeune femme apparaît comme une figure mythologique en élaboration, une créature de l'esprit. Mais ceux qui l'ont connue sont abasourdis.

Ils sont tous venus. Lartigue, le journaliste, est sous le choc. Lui qui, tout accent dehors, est toujours le premier à rire, à se faire entendre, à serrer des mains, semble cloîtré, hébété.

La petite troupe du club d'œnologie, bienveillante, se soutient par des sourires décontenancés. Mélodie chuchote qu'elle comprend mieux l'absence de Laura ces derniers mois. Elle regrette qu'elle ne lui en ait pas parlé. Elle aurait été là. Personne ne doute de sa sincérité.

Jeanne est venue avec sa garde rapprochée : Pons, visage blême, Fabien – et son assistante –, solidement caustique, ainsi que Castenac et le jeune Maxime ont fait le déplacement. L'ex-patronne de Laura est la seule à claironner. Elle se targue d'avoir vu Laura grandir. Elle n'est pas surprise de ce qu'elle observe ici. « Est-ce bien la peine d'en faire tout un plat ! » Elle dit avec une facilité déconcertante à un journaliste qu'elle s'est séparée de Laura car cette dernière a eu des accès de violence incontrôlée ; elle vivait mal sa croissance, ce qu'elle comprend parfaitement. Cela arrive quand on subit un changement majeur dans sa vie. Elle ne ferme pas la porte à une collaboration future, elle a pardonné, *elle*. Dommage que Laura ne réponde plus à ses messages, pourtant cordiaux. On jurerait qu'elle s'est retirée du monde ! C'est ainsi, les gens sont souvent rancuniers, ils ne regardent pas assez devant, ils n'effacent pas les ardoises.

Eliezer laisse parler celle qu'il trouve si puérile et impudente. Il ne veut pas que le fiel désinvolte expectoré sous son nez contamine sa propre croissance. Il s'éloigne.

Nadja, la responsable de la médiathèque, les mains dans les poches, passe d'un cadre à l'autre sans le moindre commentaire, mais on peut lire dans ses yeux fiévreux que ce qu'elle voit la remue et la stimule. Julie a fait le déplacement de Paris. Sa mère, qui vit toujours dans la région, l'a prévenue de l'exposition. À la façon de Nadja, dont elle se rapproche d'ailleurs, elle affiche une expression de joie profonde, tenace, comme si ces photos étaient un reflet prophétique d'elle-même. Les deux femmes, si différentes, marchent à l'amble, et on pourrait croire qu'elles préparent un galop. En les observant de loin, Marlène se félicite d'avoir insisté pour le pluriel du titre.

Paul est venu avec Jocelyn. Il a longtemps hésité, puis il s'est dit qu'il voulait voir. Voir autrement. Essayer de comprendre. Protéger, peut-être aussi, celle qu'il a tant aimée des commentaires insultants qu'il redoute. Veiller sur elle. Jocelyn n'a pas résisté. Elle sait ce qui lie Paul à cette femme. Elle refuse toute rivalité.

Le mari de Laura stationne longuement devant la série prise sur le parking de la cité, le jour où Laura est allée chercher la bibliothèque. Il est bouleversé. Ces photos volées au téléobjectif, traversées par des diagonales de lumière brûlée, datent du moment où il s'éloignait d'elle. Malgré l'imprécision des images (Eliezer a privilégié le mouvement plus que les pixels), ces clichés lui jettent à la gueule la beauté de Laura, et la simplicité avec laquelle elle la portait. En les détaillant, il ne comprend pas comment il a pu se sentir en péril, effrayé par cette silhouette. Le cœur de Paul se compresse davantage encore quand il arrive à la séquence appelée *La Chambre*. Laura, immense cette fois, est allongée et nue. Sa tête repose sur son bras replié. Dans une lumière si douce et diffuse qu'on croirait *La Grande Odalisque*, ses formes saillantes, langoureuses, attirent l'œil par leur perfection surréaliste. Son visage endormi, les lèvres rouges en résonance avec le pourpre des joues, est si intense que Paul est jaloux de ce que le photographe a obtenu. Ont-ils fait l'amour ? Ou bien est-elle en train de poser ? Et il ressent alors l'inverse de tout à l'heure. Il se félicite d'avoir quitté Laura. Elle est maintenant dans une sphère où il ne pourrait pas la suivre. Il ne se sent pas à la hauteur de ce qui se passe, là, dans cette image. Il ne pourrait pas l'accompagner.

Eliezer se promène dans l'exposition. Contrairement aux accrochages auxquels il a assisté, qui laissaient peu de répit à l'artiste, lui n'est pas sollicité par le public. Même les marchands d'art, les journalistes, qui ont tous réclamé de pouvoir échanger avec lui, sont pour l'instant cramponnés à la visite. L'assemblée manque d'oxygène. Eliezer perçoit plus qu'il ne le pressentait le ressentiment mêlé d'admiration que cela réveille chez le spectateur. Cela peut basculer d'un côté ou de l'autre à tout moment.

La photo « taille réelle » qui trône au milieu de la grange attire. (C'est la dernière qu'Eliezer ait prise, Laura est sur le palier de sa maison et tient la porte. On ne sait si elle l'ouvre ou la ferme.) Un petit groupe d'ailleurs s'est formé. Le photographe s'en approche pour écouter. Les visiteurs se mesurent. Se reculent. Soit. Pourquoi pas. Deux mètres douze. Un bout de conversation arrive jusqu'à lui : « On dit que l'art est fait pour déranger, ben c'est réussi… » « C'est beau mais 2 m 12 c'est plus une femme… c'est… c'est… » « Elle est malade. Point barre. »

Patrick Pons fait partie du petit groupe acrimonieux mais il se tait. Quelque chose s'est obscurci chez lui. Depuis l'engagement de Laura, Jeanne a réduit peu à peu son champ d'action au domaine. Chaque centimètre pris le poussait un peu plus dehors. C'est pourtant Laura qui a été renvoyée mais sa situation ne s'est pas améliorée et cette absurdité le transperce. Il a mal comme autrefois. Et l'ombre du jeune homme maudit qu'il a été, rejeté par sa belle-mère et son père, est encordée à son pas comme le plomb au pied du prisonnier. De leur côté, Fabien et son assistante s'en donnent à cœur joie. Ils raillent mais on ne sait si c'est par cruauté, par pudeur, ou par simple plaisir de la dérision et de la formule. Autour d'eux, un petit essaim d'anonymes complaisants acquiesce et glousse.

Alors qu'Eliezer, remettant à plus tard l'effort de pédagogie nécessaire, s'apprête à s'éloigner vers un groupe plus chaleureux, une rumeur s'élève et gagne peu à peu tout le hangar. Le photographe ne voit pas encore ce qui se passe mais les yeux hallucinés des baveux près de lui, rivés sur l'entrée de la grange, s'écarquillent tant que leur bouche s'entrouvre en écho – et on dirait la mise en scène d'un ballet expressionniste. Le jeune homme finit par se retourner : Laura vient d'entrer.

C'est phénoménal. Elle est habillée d'un costume kimono qui fait plus que la vêtir : il l'augmente. La jupe-pantalon ample en soie noire flotte à chaque pas comme une voile. La ceinture en velours parme, large d'une trentaine de centimètres, souligne l'extrême maigreur de la jeune femme. Une veste ouverte en satin souple d'un rose uni recouvre un chemisier porté croisé dont les motifs à fleurs fines, brodées à la main, forment un hymne à la délicatesse. Laura a attaché ses cheveux en chignon serré, fixé par plusieurs pics en bois sombre. Sa plus grande audace réside sans doute dans les talons de ses chaussures mocassins. Ils ne sont hauts que de trois centimètres mais pourraient suffire au scandale. Elle se tient au maximum de sa taille, sans se voûter, sans se cacher comme elle a pu le faire ces derniers temps. Laura ne paraît pas déguisée mais au cœur d'elle-même. De ses yeux émane une douceur simple, et sur son visage, c'est à peine croyable, un sourire ample qui semble venir du futur.

Elle avance. Elle adresse immédiatement un regard d'une absolue tendresse à Paul et se dirige vers Eliezer. Ce dernier est à la fois bouleversé par sa présence et terrifié. Il a entendu les commentaires tout à l'heure, et maintenant d'autres saillies grésillent, à peine chuchotées « Elle vient nous narguer… » « Elle veut récupérer la gloire… » « Elle ne peut pas s'en empêcher… »

Mais Laura avance encore, et quand elle est auprès d'Eliezer elle murmure « Je tenais à être là. Avec vous ». Sa voix est si pure que tout le monde a entendu. Il faudrait applaudir, pense le photographe, mais personne n'applaudit. Personne n'en a l'idée ou en tout cas pas assez tôt pour empêcher une main de s'emparer d'un large couteau, sur le buffet. Et la main ainsi armée se camoufle le long des jambes soldatesques qui s'élancent, à grands pas, vers la géante. Parvenue à proximité, la main se dresse et très vite, presque sans élan, elle plante l'arme blanche – le bras en parfaite extension pour ne pas rater sa cible – dans le cœur de Laura.

C'est une main d'homme. Et c'est aussi une voix d'homme qui crie, gutturale, noueuse « Ça suffit ! »

Alors que sa ceinture large se déchire et laisse gicler le sang, Laura, chancelante, reconnaît Pons. Elle se plie en deux puis s'écroule sur elle-même telle une maison qu'on rase. Elle aperçoit le couteau. Ses grands yeux n'ont rien perdu de leur étonnement.

Pons regarde sa main, excroissance honteuse de son âme. Personne n'a encore bougé.

La première, Jeanne s'élance enfin. Elle crie « Appelez les secours ! » Aidée rapidement de Julie, elles exécutent quelques premiers gestes d'urgence, mais réclament de l'aide car le corps prodigieux de Laura, bien que décharné, est lourd et encombrant. Paul et Fabien se précipitent. Eliezer, livide, appelle les secours.

Laura respire à grand-peine, laissant échapper des râles de douleur. Sa tête est tournée sur le côté, et sa vue brouillée se fixe sur le vert diffus de la photo prise au belvédère de Duras. Elle est au premier plan mais derrière elle s'étendent les peupleraies bordées de vergers et de serres. Dans le fond, la vallée s'ouvre vers ses coteaux en pente douce et l'immensité du monde.

JOURNAL / ROMAN

Premières pistes de fiction :

Il y aurait donc un monde donné, le mien, le nôtre : un monde « Me Too », « masculinisme », « patriarcat », « cancel culture » « féministe », « Not All Men ». Ce monde qui teinte mon échange avec Makine. C'est le fond de toile.

Il y aurait une femme, bien sûr. Encore. Une femme comment ? Une femme jeune. La question de l'âge ne se pose pas. Au contraire. Petite ? Grande ? Deux femmes ?

Des anges ? Des fantômes ? Non. Mais du surnaturel, oui… Un phénomène surnaturel ?

Une seule femme, ce serait la même ? Petite et grande. Une femme qui grandit et les hommes autour d'elle ont peur et l'agressent. Peut-être pas tous. Une femme qui grandit jusqu'où ? Comme toutes les femmes, on ne sait pas jusqu'où.

Envie de m'amuser. Avec l'improbable. L'incongru.

Pas de radicalité. La radicalité, dans l'air du temps, signe de reconnaissance, non. Pas de radicalité. Mais de l'intensité, oui.

Il y aurait le Japon. Les romans japonais. Les fantômes et les anges seraient là. Dans les romans japonais.

Envie de douceur à la fin. Possible ? Ma confiance en la douceur. La douceur comme une résistance. La modération comme un pied de nez. Ne pas avoir peur. Entre les lignes, mon étonnement face à nos guerres de territoire, ridicules.

Il n'y aurait pas de perdant. Peut-être. On n'est pas des sauvages.

De la couleur. De l'amour. Du désir. Des histoires. Beaucoup d'histoires. De l'imagination. Porter haut l'imagination. Pas de mépris tendance.

Du vin. Paris. La Garonne.

Cette femme qui grandit, telle la sorcière russe Baba Yaga capable de voler et personne n'en doute. Une sorcière qui découvre son pouvoir. Oui. Il y aurait de ça. Une sorcière qui découvre son pouvoir. Elle doit s'autoriser à s'en servir. On doit l'autoriser à s'en servir aussi. Au contraire. Un personnage pour lui dire vas-y. Tout va bien. Grandis. Ne t'inquiète pas.

Des livres. Beaucoup de livres. Oxygène.

Et, puisque rien ne se passera comme elle l'a prévu, le commencement pourrait être : « Laura aime les rituels ».

ROMAN

L’exposition a eu un retentissement considérable et Eliezer est devenu, en quelques heures, une personnalité artistique consultée, médiatique, inattendue. Noir, juif, avec l’accent du Sud-Ouest, talentueux, incasable, il déroute et séduit. Il entreprend un projet fou qui consiste à photographier les lieux les plus modernes du monde, mais avec les plus vieux appareils du monde encore utilisables, comme ceux vus à Beautiran. Il se rend régulièrement chez sa muse qui est devenue sa plus précieuse amie.

Laura s’est arrêtée de grandir. Elle est comme elle est. Depuis longtemps, elle ne commente plus rien de ce qui concerne cet aspect de sa vie. Quand elle déambule dans son salon-cathédrale, elle n’a rien perdu de sa candeur et de sa gracilité. Elle est immense et splendide. Elle va bien. Elle n’est pas malade. Toujours pas. À l’hôpital, après sa blessure, ils en ont profité pour refaire toute une batterie d’examens qui n’a rien donné. De grands pontes ont tenté de s'emparer du dossier, sans succès. Ils ont fini par renoncer.

Toute l'énergie de Laura est mise au service de ce qui est devenu, à force de travail, sa spécialité reconnue de tous : les romans japonais. On la sollicite pour des préfaces, des consultations radiophoniques. Sa voix résonne sur les antennes prestigieuses. Elle insiste aussi pour parler de sa passion aux lycéens et ses interventions en milieu scolaire se multiplient. On semble s'habituer peu à peu à sa dimension, à son influence, ce qu'elle attribue au succès des photos d'Eliezer, souvent diffusées et relayées par les jeunes.

Mises bout à bout, ces activités lui permettent de gagner très correctement sa vie. Selon son amie Julie, ça ne suffit pas. Laura devrait gagner autant qu'un footballeur ! Elles en rient, mais aussi jaune que devant l'insondable poupée gonflable de Sugimoto.

Laura dîne avec Paul, ou Mathias, de loin en loin. Leur affection est profonde ; l'appréhension n'a pas disparu. La solitude de la jeune femme est certaine. Elle durera encore longtemps.

De sa blessure il ne reste qu'une cicatrice entre les seins. Aucun organe vital n'a été touché. La trace de cinq centimètres n'est pas parvenue à perdre sa couleur cuivre. Eliezer, qui a tenu à la photographier, lui a dit un jour qu'avec le grain de beauté qu'elle jouxte, elle ressemble à un œil vigilant. Laura, mutine, a rétorqué qu'elle y voyait plutôt un *sandogasa*, ces chapeaux que les paysans portent les jours de pluie ou de soleil.

Ce soir, la jeune femme, d'humeur contemplative, stationne sur sa terrasse pour observer la nuit et le silence s'installer sur la ville. Dans les maisons au loin, les humains inquiets allument les ampoules et la succession des lueurs forme une guirlande désordonnée et monochrome. La campagne, tout autour, se change en une tache noire et profonde, que le ciel sans lune n'altérera pas. Frissonnante, Laura se hâte vers l'intérieur. Elle rejoint son canapé, déjà éclairé par une lumière ambrée.

Elle sourit.

Elle a du travail pour demain.

Elle doit relire *Le Pont flottant des songes*.

Merci à Betty Mialet.
Merci à Bernard Barrault.
Merci à Emma Iks.
Merci à Emmanuel Lozerand. Michel Crestanello.
Merci à Samuel et Jean-Pierre.
Et un immense merci à mes premiers lecteurs, si précieux.

Imprimé en France par CPI
en mai 2021

Cet ouvrage a été mis en pages par

<pixellence>

Dépôt légal : août 2021
N° d'édition : L.01ELJN000957.N001
N° d'impression : 163501